박대겸

소설가. 장편소설 『그해 여름 필립 로커웨이에게 일어난 소설
같은 일』 『부산 느와르 미스터리』, 소설집 『픽션으로부터 멀리,
낮으로부터 멀리』 등이 있다.

외계인이
인류를
멸망시킨대

외계인이
인류를
멸망시킨대

오늘의 젊은 작가 48

박대겸
장편소설

민음사

차례

D-7

　날씨가 갑자기 추워진 탓에 유달리 바빴던 라멘집 아르바이트를 끝내고 축 처진 어깨로 터덜터덜 원룸에 들어와, 듣고 있던 음악을 그대로 틀어 둔 채 양치를 하고 샤워를 끝내고 머리를 말리고 로션을 바른 후 침대에 드러누워 습관처럼 핸드폰을 확인했다. 고작 40분 사이 탁구 동아리 단톡방과 일어일문학과 동기 단톡방과 고등학교 동창 단톡방과 라멘집 알바 단톡방까지 무려 네 개의 단톡방에 똑같은 영상의 링크가 메시지로 와 있었다. 영상의 제목은 절로 콧방귀가 나올 만큼 어처구니가 없었다.

　우리는 지구에서 108만 광년 떨어진 별 더플칸리엡에서 왔다.

나 원 참, 1만, 2만 광년도 아니고 무려 108만 광년이라니. 호기심을 유발한다는 면에서 자극적인 제목일 수도 있겠지만, 길 가다가 누가 "도를 아십니까?"라고 물어오면 무시하고 잽싸게 지나치고 싶을 만큼 도를 넘어선 제목이기도 했다.

　처음엔 영상 그 자체에 호기심을 느꼈다기보다는 영상에 덧붙인 메시지에서 그걸 보낸 사람의 성격이 드러난다는 게 흥미로웠다. 내년에 군 입대가 예정된 동아리 남자 동기는 "이거 진짜면 내년에 군대 안 가도 된다!"라며 흥분했고, 늘 시니컬한 태도로 일관하는 같은 학과 여자 동기는 "주작 아니면 무슨 애니메이션 노이즈 마케팅이겠지."라 단언했으며, 종종 어설픈 농담으로 분위기를 썰렁하게 만드는 라멘집 주방 매니저 언니는 "얘네들 일주일 뒤에 버튼 누르면 인류 대멸망!"이라 과장된 말투로 말했고, 평소에도 아무 말이나 줄줄 늘어놓는 고등학교 동창 친구는 "이런 영상이 왜 급상승하는지 모르겠고 그걸 링크하고 있는 나 역시 무슨 생각을 하고 있는지 모르겠으니, 부디 내가 일주일 뒤에 살아 있을지 어떨지라도 알았으면 좋겠어."라고 구시렁대고 있었다.

　어쨌거나, 이과 출신은 물론 문과 출신이라도 막연히 빛의 속도로 108만 년이 걸리는 아주아주 먼 곳, 그래서 현재 지구의 과학기술로는 도저히 다다를 수 없는 곳이라는 정도의 인식밖에 할 수 없는 머나먼 별에서 왔다고 주장하는 자가 도대체 무슨 소리를 하고 있는지 확인하지 않을 수 없었기에 나는 침대에 드러누운 채 무심히 영상을 클릭했다.

짙은 파란색 단발머리에 커다란 하늘색 눈동자가 인상적인 3D 캐릭터가, 별들이 반짝이는 우주를 배경에 두고 버추얼 유튜버 특유의 기계음 섞인 목소리로 이런 말을 하고 있었다.

지구인들, 안녕. 내 이름은 셀타 드리온느. 우리는 지구에서 약 108만 광년 떨어진 더플칸리엡이라는 행성에서 왔어. 그 먼 곳에서 여기까지 어떻게 왔는지 궁금할 테니 간단하게 설명할게. 지구에서는 아직 발견하지 못한 것 같은데, 우주에는 '가마 특이점'이라는 게 존재해. 우주의 공간이란, 비유하자면 섬유의 다발이라 표현할 수 있을 테고, 항성의 중력에 의해 일그러진 공간에서는 이 섬유의 다발이 머리카락이 두피를 덮는 것처럼 구의 표면을 덮고 있거든. 그리고 두발에 '가마'가 존재하는 것과 마찬가지로 천체 주변엔 '가마 특이점'이 존재하지. 이 '가마 특이점'은 행성들의 배치에 따라서 조금씩 이동하는데, 태양계에서는 태양에서 약 1.3천문단위 떨어진 위치에 있고, 목성과 싱크로 해서 약 11년 주기로 태양 주위를 공전하고 있어. 물리적으로는 관측하는 것이 대단히 어려운 이 특이점의 가장 놀라운 특징이라면, 이 특이점을 통과하면 순식간에 다른 은

하의 특이점으로 이동할 수 있다는 점이야. 또한 진입하는 각도를 미세하게 조절해서 목적지를 직접 고를 수도 있지. 우리는 지금 금성 근처에서 이 영상 데이터를 현재 지구에서 가장 인기 있는 영상 플랫폼인 유튜브를 통해서 송출하고 있어. 간단하게 설명한다는 게 말이 길어졌네. 그러면 이제부터 우리가 이런 식으로 지구인들을 향해 영상을 보내고 있는 이유, 그리고 이 먼 태양계까지 찾아온 이유에 대해 알려 줄게.

여기까지 매끄럽게 이어지던 영상은 이후 와이파이가 끊기기라도 한 것처럼 잠시 멈췄다가 약 10초 정도 지난 후 다시 시작됐다. 화면 속 3D 캐릭터의 외양이나 목소리에는 변함이 없었으나 왠지 모르게 말투가 바뀐 듯한 느낌이 들었다.

결론만 말하자면, 우리는 지구인들을 이용하기 위해 찾아왔다. 현재 우리가 수집한 자료에 따르면 지구에는 약 80억 명의 인간이 존재하고 있는데, 그중 0.0001퍼센트인 8천 명 정도만 남기고 나머지는 다 소멸시킬 예정이다. 소멸이라는 말에 두려움을 느낄 지구인이 있을 것 같지만 크게 걱정할 필요는 없다. 우리가 개발한 딜리트(delete) 프로그램을 작동시키면 자신이 죽는다는 걸 인식하지도 못한 채 죽음을 맞이할 테니까. 통증을 느낄 새도 없고, 거의 실시간으로 주변 사람들도 같이 죽을 터이기에 누군가의 죽음을 슬퍼할 틈도 없을 테니까. 고통이나 두려움이나 절망 따위 없는 순식간의 죽음. 모든 생명체가 원하는 죽음의 형태 아닌가. 말 그대로 소멸이다. 프로그램 코드는 이미 다 짜여 있고, 이제 실행 버튼을 누를 일만 남았다. 살려 둔 0.0001퍼센트, 약 8천 명은 오로지 우리 더플칸리엡을 위해 봉사할 것이다. '봉사'라고 표현하기는 했지만 무시무시한 상상을 할 필요는 없다. 지금까지 지구에서의 삶보다 그다지 나쁠 것도 없고 더 좋을 것도 없는 삶이 될 것이니. 당장 버튼을 누를 수도 있겠지만 특별히 자비를 베풀어 앞으로 일주일 정도의 시간을 줄 테니 남은 인생 잘 마무리하길 바란다.

처음 영상을 봤을 때만 해도 당연히 페이크 영상이라고 생각했다. 대학 동기가 말한 것처럼 저런 모습의 캐릭터가 나오는 게임이나 애니메이션을 홍보하기 위한 마케팅의 일환이라고 판단했던 것이다. 설마 전 세계 유튜브 이용자를 대상으로 한, SF에서 말하는 소위 '퍼스트 콘택트'라는 인류사에 남을 만한 어마어마한 사건이, 고작 이런 조악하게 가공된 애니메이션 캐릭터와 스마트폰 화면을 통해 전해진다는 사실을 믿을 수는 없지 않은가.

게다가 인류를 절멸시킨다는 말을 서슴지 않고 내뱉는 저 황당무계함이라니! 아무리 SF가 유행하는 21세기라고는 해

도, 난데없이 나타난 외계인이 무려 인류의 0.0001퍼센트만
남기고 절멸시킨다는 말은 상상력의 한계를 벗어나도 너무
벗어났다. 단톡방에 영상 링크를 올린 사람들도 처음엔 비슷
한 생각을 했을 것이다.

하지만 유튜브 영상에 달린 댓글이나 속속 올라오는 단톡
방의 메시지들을 확인하고 영상을 몇 차례 더 보다 보니 생
각이 조금씩 바뀌기 시작했다. 그와 더불어 스물스물 공포심
이 치밀어 올랐다.

이거 진짜 아닐까?

사람들 사이에서 가장 논란이 됐던 점은 버튜버 외계인이
구사하는 '언어'였다.

단톡방에 링크된 영상을 봤을 때 외계인은 한국어로 말하
고 있었고, 이것이 주작 영상임을 가장 의심케 하는 부분이
기도 했다. 만약 이 존재가 정말로 외계인이라면, 그리고 영상
을 만들어 전 인류를 상대로 메시지를 전할 만큼 지구에 대
해 조사를 해 봤다면, 왜 굳이 지구인을 상대로 하는 영상에
서 한국어를 사용하겠는가. 그보다는 21세기 지구에서 가장
널리 사용되고 있는, 현시점 사실상 세계 공용어라고 할 수
있는 영어로 말하는 편이 자연스럽지.

하지만 그것이 아니었다.

영상을 보고 한 시간쯤 지났을 무렵, 도서관 근로 근무를 마친 룸메이트 서희가 평소보다 20분쯤 늦게 디지털도어록을 열고 들어왔다가 서희가 현관에서 양쪽 신발을 채 다 벗기도 전에 "지민아! 너도 그 영상 봤지? 그 외계인 진짜 아니야? 우리 이제 끝장난 거 같은데!"라고 호들갑스럽게 말을 걸어왔기에 그제야 나도 침대에서 벌떡 일어나 "나도 이거 진짜인지 가짜인지 갈피가 안 잡혀서 계속 관련 글이나 영상 찾아보고 있어!"라고 호응했다.

"사서 선생님이랑 다른 애들이랑 도서관 완전 난리도 아니었잖아. 도서관에서 책 보는 사람들도 갑자기 다들 웅성웅성대고. 처음엔 대부분 가짜라고 받아들였는데 사서 선생님이 외국 유튜브 영상 보여 주면서 이거 진짜인지도 모르겠다고 하더라고."

"나도 그 영상 봤어. 같은 외계인 영상인데 보는 사람이 어떤 언어를 사용하느냐에 따라서 다르게 들리는 것 같더라고. 한국어 사용자에겐 한국어로 들리고 영어 사용자에겐 영어로 들리고, 프랑스어 사용자에겐 프랑스어로 들리고."

"그러니까. 깜짝 놀랐다니까."

"언어 설정을 바꾸지 않고도 그 영상을 보는 사람의 모어나 모국어, 아니면 구사하는 언어로 들릴 수 있게 자동으로 변환된다는 말인데, 그게 현재 지구의 과학기술로는 불가능한 일이래."

우리는 한동안 바닥에 앉아 영상에 달린 댓글이나 관련 영상, 글 들을 각자 찾아보며 서로에게 자신이 발견한 새로운 내용을 보여 주었다. 국내뿐 아니라 전 세계 사람들이 이 사건에 대해 이야기하고 있었다.

성서에 인류의 종말은 이미 다 나와 있다고 말하는 종교인도 있었고, 애초에 노스트라다무스가 예언한 종말과 딱 맞아떨어진다고 주장하는 유튜버도 있었다. 해당 언어권의 네트워크에 따라 다른 영상을 송출했을 뿐 우리가 이해할 수 없는 과학 원리 따위 없다고 주장하는 영상도 일부 보이긴 했으나 수많은 나라를 여행하고 있는 여행자들에 의해 그 주장은 금세 수면 아래로 사라졌다. 특정 언어를 모어로 쓰는 사람이 다른 나라를 여행한다고 해도 영상 속의 언어가 여행 중인 나라의 언어로 들리는 것이 아니라 여행자의 모어로 들렸기 때문이다. 영상을 시청하는 기기에 설정된 언어에 따라 영상의 언어가 자동으로 변경되는 것이라고 주장하는 사람도 있었지만, 그것 역시 현재 과학기술로는 실현되지 않는 부분이라는 반론과 더불어, 특정 언어를 학습하기 위해 일부러 기기의 언어를 변경해 둔 사람들 또한 자신에게 들리는 언어는 자신의 모어라는 반박이 잇따랐다.

자정이 지나자 과학 커뮤니케이터나 매체 친화적인 천체

물리학자 들이 유튜브, 인스타그램 등의 온라인 플랫폼을 통해 라이브 방송을 시작했다. 그들은 진지하게 셀타 드리온느라는 외계 생명체 혹은 버추얼 유튜버의 영상을 분석하며 그/녀가 하는 말의 사실 여부에 대해 이야기했다. 빛의 속도와 108만 광년의 의미에서 시작된 이야기가 가마 특이점의 사실 여부를 지나 평행우주라느니 시뮬레이션 다중우주라느니 하는 개념까지 뻗어 나갔기에 시간이 지날수록 따라가기 어렵게 느껴졌다. 다양한 과학 내용에 대해 설명하기는 했으나 영상 속 등장인물이 진짜 외계 생명체인지, 영상의 내용을 얼마만큼 신뢰할 수 있을지 확답을 내리는 과학자는 없었다.

밤을 꼬박 새울 기세로 침대에 누운 채 스마트폰을 들여다보다가, 다른 친구들과 메시지를 주고받다가, 서희와 도란도란 이야기를 나누다가, 문득 이 모든 소란과 호들갑이 다 뭐란 말인가, 외계인이 실제로 나타났건 말건 그게 다 무슨 소용인가, 하고 중얼거렸다.

"지민아, 다 무슨 소용이라니? 만약에 이 영상이 진짜고 외계인이 하는 말이 진짜라면, 일주일 뒤에 우리 둘이 살아서 지금처럼 대화를 나눌 확률이 0.0001퍼센트…… 아니지, 우리 둘 다 살아남아야 하니까 0.0001 곱하기 0.0001퍼센트, 이렇게 계산하는 거 맞나? 사실상 제로 아닌가? 아무튼, 살아남을 궁리를 해야 하잖아."

"내 말은 그러니까, 일주일 뒤에 우리에게 주어진 선택지가 세 개 있잖아? 인류의 99.9999퍼센트 중 하나가 되어 죽는다, 아니면 0.0001퍼센트에 포함되어 살아남아 더플칸리엡 종족에게 봉사한다. 그리고 마지막으로, 오늘의 이 사건은 인류사에 길이길이 남을 해프닝으로 끝난 채 지구인들 전부가 살아남는다."

"마지막 선택지를 고를 수 있으면 좋을 텐데."

"슬프게도 이 선택지 중에 우리가 고를 수 있는 건 하나도 없어."

서희는 내 말을 곱씹기라도 하는 듯 잠시 입을 다물었다. 그러고 나서 천장을 바라보며 이렇게 말했다.

"하긴, 내일 당장 지구 최고의 과학기술로 만든 우주선이 발사된다고 해도 금성까지 도착하는 데 수십 일은 걸린다고 하니까."

"다른 것보다 아무리 봐도 실감이 안 나지 않아? 우리보다 과학기술이 압도적으로 발달한 곳에서 온 생명체로 보이잖아. 그렇기 때문에 전 세계의 사람들 각각의 모어로 들릴 수 있는 영상을 제작할 수 있었고. 근데 지구상의 수많은 언어는 또 언제 어떻게 습득했으며…… 그렇게 만든 영상을 멋대로 유튜브 플랫폼을 이용해서 무려 금성에서 우리에게 전송할 수 있었고. 실제로 금성에 있는지 어떤지, 자기들이 사는 곳에서 영상만 송출하고 있는지 어떤지, 현재 우리 과학기술로는 확인조차 불가능한 일이잖아."

"근데 어떻게 80억이 넘는 인류를 단숨에 죽일 수 있을까? 아무리 과학기술이 발달했다고 해도 실제로 그런 일이 가능할까? 타노스처럼 손가락 튕기기라도 하나? 그건 너무 비현실적인데."

"어떤 과학 커뮤니케이터가 말했는데, 영화 「매트릭스」에 나오는 것처럼 우리가 사는 세계가 시뮬레이션으로 구축된 세계라면 실행 버튼 하나만 눌러서 인류 대부분을 삭제하는 게 논리적으로 완전히 불가능하지는 않다고 하더라고."

서희는 "맞아, 나도 아까 그 영상 보긴 봤는데,"라며 잠시 스마트폰으로 눈길을 옮겼다가 "어? 유튜브 측에서 잠시 후에 이 영상에 대한 공식 발표를 한다는 메시지가 떴어."라고 말했다.

서희의 말에 핸드폰으로 유튜브의 공식 메시지를 확인했다. 메시지를 보는 순간 나도 모르게 가슴이 두근거렸다. 유튜브 측의 공식 발표를 기다리는 일이 마치 대학 합격자 발표를 기다리는 일이라도 되는 것처럼 느껴졌던 것이다. 물론 이 두근거림에는 설레는 마음과 불안한 마음이 공존하고 있다는 것을 알고 있었다. 그럼에도 이런 상황에서 설렐 수 있다는 사실이 놀라울 따름이었다. 도대체 나의 감정은 어떻게 생겨 먹은 걸까.

하지만 내 의문은 더 이상 이어지지 않았고, 유튜브 측에서 말한 '잠시 후' 역시 30분이 지나도 한 시간이 지나도 찾아오지 않았다. 이미 새벽 3시가 넘은 시간이었기에 차츰 말수가 줄어들던 우리는 쏟아지는 눈꺼풀의 무게를 이기지 못한 채 스르르 잠들고 말았다.

D-6

이튿날, 비교적 이른 시간인 9시에 눈을 뜨자마자 스마트폰으로 밤사이 새로운 소식이 떴는지 확인했다. 먼저 유튜브 측에서 간밤에 올린 메시지 자체를 삭제한 채 공식 발표를 미루고 있다는 여러 유튜버들의 영상이 눈에 띄었다. 회사 차원에서 공식 코멘트를 했다가 어떤 후폭풍이 들이닥칠지 몰라 주저하고 있거나, 회사 단위를 넘어 미국 정부, 더 나아가 UN 측과 긴밀히 소통하며 사태를 분석하느라 아직 공식적인 코멘트가 나오지 않았을 것 같다는 등의 해석 영상들이 우후죽순 쏟아졌다.

티브이 뉴스에서도 외계인 영상을 짤막하게 소개하며 영상의 진위 여부에 대해 보도하고 있었다. 어느 정도 사실로 받아들일 수 있는 부분도 있겠지만 지금으로선 전적으로 신뢰하긴 어렵다는 전문가의 의견과 함께, 사태에 신중하게 접근하자는 앵커의 발언 내용이 담겨 있었다.

이어폰을 낀 채 스마트폰을 보고 있는데 눈앞에 서희의 손이 나타났다. 한쪽 이어폰을 빼며 고개를 돌려 바라보자 서희는 내 쪽으로 뻗었던 왼팔과 반대쪽 오른팔을 위로 쭈욱 뻗으며 기지개를 켰다.

"지민이 넌 일찍 깼나 보다."

"나도 방금 일어났어."

"그랬어? 아 맞다, 나 간밤에 사과 심는 꿈 꿨어!"

"사과? 갑자기?"

"그런 말 있잖아. 내일 지구가 멸망하더라도 오늘 한 그루의 사과나무를 심겠다는 말."

"일주일 뒤에 인류가 절멸해도 나는 한 그루의 사과나무를 심겠다 이거야?"

"지민이 네가 어제 그런 얘길 했잖아. 우리에겐 세 가지 선택지가 있는데 그중에 우리가 고를 수 있는 건 없다고. 그러면 우리가 할 수 있는 게 뭐가 있을까, 어렴풋이 그런 생각하다가 잠든 것 같은데 사과 심는 꿈을 꿨네."

"네가 그런 종류의 사람일 줄은……."

서희는 줄어든 내 말을 뒤로한 채 화장실로 들어갔고, 난 계속 누운 채 스마트폰을 봤다. 그러다가 문득 부재중 통화 목록에 있던 엄마가 떠올라 통화 버튼을 눌렀다. 곧바로 엄마가 전화를 받았다.

"여보세요, 전화 바로 받네? 그랬구나, 거긴 오늘 날씨 어때? 여긴 어제부터 갑자기 추워졌는데. 아, 어제 알바를 좀 늦게까지 해서 늦잠 잤어. 맞다, 엄마도 엊그제부터 새로운 일 시작했잖아, 일은 할 만해? 그렇지, 애 보는 일이 얼마나 힘든데. 그걸 꼭 직접 길러 봐야 아나? 딱 봐도 어렵게 보이는데. 네네, 덕분에 제가 이렇게 잘 자라서 지내고 있습니다, 어머니, 길러 주셔서 감사합니다. 엎드려 절받기 아니야, 진짜 그렇게 느끼고 있어. 오늘도 이따 오후에 알바 나가야지. 엄마는? 벌써 나갈 시간이구나, 아침부터 바쁜데 전화했네. 어, 난 어젯밤에 유튜브로 봤는데 오늘 아침에 뉴스에도 나오더라고. 걱정은, 내가 누군데. 서희도 잘 지내고 있지. 아빠도 잘 지내지? 번역 일도 꾸준히 하시고? 내가 연락 먼저 안 하면 절대 연락을 안 하시는 분이니. 그래, 엄마도 몸 건강하고, 밥도 잘 챙겨 먹고, 오늘 하루 수고하세요. 또 연락할게. 어, 알겠어."

전화를 끊고 나서, 일주일 뒤에 세상이 끝장날지도 모르는데 일하러 나가는 엄마를 생각했고, 내일 지구가 멸망하더라도 오늘 사과나무를 심는 꿈을 꾼 서희를 생각했다. 선택지 중에 우리가 고를 수 있는 일은 없으니 그냥 묵묵히 하루하루를 살아가자는 식으로 말하긴 했지만, 어쩌면 나나 엄마나 서희나, 영상에서 했던 말을 한편으로는 믿으면서 다른 한편으로는 믿고 싶지 않은 것이 아닐까. 전 세계 인류의 0.0001퍼센트만 남긴다는 말은 바꿔 말하면 한국 인구 약 5000만 명 중 50명만 남긴다는 의미다. 이걸 리얼하게 상상할 수 있는 사람이 얼마나 있을까. 이 넓은 한국 땅에 달랑 50명만 남는 것이다. 우리 학과 총 인원에도 턱없이 못 미치는 사람 수이고 기껏해야 고등학교 두 학급을 합친 정도의 사람 수에 불과하다. 그런 일이 일주일 뒤에 일어난다는 사실을 눈에 보이듯 생생하게 떠올릴 수 있는 사람이 얼마나 될까. 지금까지 만으로 21년 동안 살면서 내가 만난 사람 수만 따져도 200명은 훌쩍 넘을 텐데.

화장실에서 나온 서희가 다시 침대로 올라와 이불 속으로 쏙 들어가더니 잠시 멍하니 천장을 바라보다가 갑자기 이런 말을 꺼냈다.

"방금 화장실에서 떠오른 생각인데, 이제부터 좀 위험해지지 않을까?"

"왜? 뭐가?"

"아직 잘 믿기진 않지만, 일주일 뒤면 대부분의 인류가 사라질 가능성이 크잖아. 그래서 사람들이 집단 패닉에 빠져서,

어차피 일주일 뒤면 다 죽을 테니 내 멋대로 살겠다! 이러면서 막 폭동을 일으키거나 하지 않을까 해서."

천장을 바라보며 담담히 말하는 서희를 곁눈질로 슬쩍 봤다가 다시 시선을 스마트폰 쪽으로 향한 채 "음, 그럴 수도 있겠는데, 그건 사람들을 좀 과소평가하는 것 같아."라고 답했다.

"과소평가라고? 왜?"

"아닌가? 이 상황에선 과대평가라고 하는 게 맞으려나? 그렇잖아, 갑자기 폭동을 저질러 버리기엔 도박비가 너무 비싸니까. 영상에서 했던 말을 믿는다곤 해도 실제로 그 일이 현실에서 일어날지 아닐지 아직은 확신할 수 없으니까. 시간이 지난다고 해서 알 수 있는 문제도 아니고. 무작정 그 말을 신봉하고 폭동까지 일으키기에 인간은 뭐랄까……."

"지금까지 살아온 현실에 충실하다? 아니면 내일을 그려 볼 상상력이 부족하다?"

"작년 SF 교양수업 때 「돈 룩 업」이란 영화에서도 봤잖아. 거대한 혜성이 지구로 돌진하고 있는데, 그래서 지구의 모든 생명체가 사라질 위기에 처했는데, 사람들은 자기가 하고 싶은 말만 하고 자기가 듣고 싶은 말만 듣고."

"그러네. 역시 괜한 걱정이려나."

전날 사 온 빵으로 함께 브런치를 먹은 후 1시에 맞춰 서희가 먼저 도서관 오후 근무를 나갔다. 나는 혼자 남아 스트리밍 플랫폼에서 애니메이션을 본 뒤, 포털서비스에서 웹툰 몇 편을 보다가 4시에 맞춰 라멘집으로 출근했다.

내가 도착하기 전부터 이미 외계인 이야기로 한창 달아오른 듯한 부점장님과 주방 매니저 언니는, 내가 가게 입구에 들어서자마자 거의 동시에 "지민 씨도 봤죠?" "지민아 너도 봤지?"라고 물어 왔다.

나는 거의 똑같은 얼굴로 거의 똑같은 질문을 해 온 이 두 명의 인생 선배님들을 한 번씩 바라봤다가, 그 모습이 어쩐지 귀엽게 느껴져 장난기가 발동했다.

"네? 뭘요? 갑자기 두 분 다 똑같은 얼굴을 하고. 왜 그래요, 무섭게?"

"우리가 똑같은 얼굴을 했다고?"

주방 매니저 언니는 그렇게 되물으며 부점장님 쪽으로 고개를 돌렸고, 부점장님은 주방 매니저 언니와 똑같은 질문을 하려다가 황급히 멈춘 듯 '우'라는 입 모양을 한 채 주방 매니저 언니와 나를 잠시 바라보더니 입 모양을 원상태로 복귀시킨 후 원래 하려던 이야기로 화제를 돌렸다.

"그게 아니라, 지민 씨는 아직 못 봤나 보네요. 지금 전 세계 유튜브며 인터넷이며 외계인 때문에 난리인데."

"간밤에 올라온 외계인 영상 때문에 SNS도 엄청 떠들썩하고."

부점장님과 주방 매니저 언니는 자신들보다 열 살쯤 나이가 적은 내 앞에서 그제야 연장자로서 체통을 지켜야 한다고 인식했는지 차분히 한마디씩 내뱉었다. 그 모습이 한편으로 또 귀엽게 보여서 조금 더 장난을 치고 싶었지만, 일단은 나 역시 빤히 아는 이야기를 계속 모르는 척하기는 어려웠기에 순순히 그들이 원하는 대답을 내뱉었다.

"그 영상이라면 저도 당연히 봤죠."

하지만 그다음에 이어질 내 이야기를 어서 빨리 말해 달라는 듯 눈을 동그랗게 뜨고 기다리는 둘을 보고 있노라니 새어 나오는 웃음을 참기 어려웠다. 역시…… 귀여운 사람들이다.

"하지만 외계인은 외계인이고, 우리는 얼른 저녁 영업 준비를 해야 하지 않을까요?"

마침내 듣게 된 내 이야기가 그들의 기대를 충족시키지 못했는지 둘은 실망감이 역력히 드러나는 얼굴로 나를 바라보았다.

"일주일 뒤면 우리 다 죽게 생겼는데 넌 일이 손에 잡히는구나?"

주방 매니저 언니가 먼저 말했다.

"그렇다고 우리가 금성에 있는 외계 생명체랑 싸울 수도 없잖아요. 실제로 현재 그들이 금성에 있는지 없는지 확인할 수 있을 만큼 지구의 과학기술이 발달한 것도 아니고."

"이야, 지민 씨 진짜 대단하네요. 나이도 어린데 어떻게 그렇게 차분할 수 있지?"

부점장님도 이어서 말했다.

"너 혹시 MBTI 검사 해 봤어? 중간에 S랑 T 나오지 않아?"

주방 매니저 언니의 단정적인 발언에 살짝 움찔했으나 겉으로는 드러내지 않은 채 "80억 인류를 고작 열여섯 개의 성격 유형으로 나누는 건 어불성설 아닌가요?"라고 되물었다.

"ST 맞나 보네요. 참고로 난 NF입니다." 부점장님이 말했다.

"어? 나도 NF인데. 부점장님 다른 건 뭐예요? 난 ENFP."

"전 INFP예요."

"오! 앞에 하나 빼고 전부 나랑 똑같네요."

"어쩐지! 매니저님이랑 호흡이 잘 맞는다고 생각하고 있었는데."

서른 전후의 사람 둘이 MBTI 이야기로 흥이 오르는 모습을 보면서 다시 한번 장난기가 무럭무럭 샘솟았지만, '거 어른 놀리는 거 아니다.'라는 출처 불명의 유교 정신이 머릿속에 들어차면서 그 정도에서 그치고 휴게실로 들어가 근무복으로 갈아입었다.

휴게실에서 나와 보니 주방 매니저 언니는 언제 수다를 떨었냐는 듯 주방으로 들어가 대파를 손질하고 있었고 부점장님은 카운터에 서서 계산기를 두드리고 있었다. 나는 늘 하던 대로 테이블을 닦으며 수저나 휴지나 김치를 채워 넣었고, 식자재 트럭이 가게 앞에 내려 두고 간 양파와 계란을 주방 냉장고에 정리했다.

막 도착한 양파망에서 양파를 꺼내 다듬는 내 모습을 보더니 주방 매니저 언니가 한마디 했다.

"오늘 쓸 양파가 충분할 줄 알고 어젯밤에 주문을 안 넣었는데, 오늘 낮 타임에 손님이 많이 몰려서 아까 급하게 주문 넣었지."

"날씨가 갑자기 추워져서 그런가, 엊저녁부터 손님이 는 것 같아요."

"그런 것도 있겠고, 부점장님이 꾸준히 인스타그램에 홍보한 게 드디어 빛을 발했을 수도 있겠고."

매니저 언니는 부점장님이 들어 줬으면 좋겠다는 듯 조금 큰 목소리로 말했고, 이에 호응이라도 하는 듯 부점장님이 냉큼 말을 걸어왔다.

"매니저님도 그렇게 생각하죠? 확실히 요즘 대학생들은 인스타를 많이들 하니까."

"요즘은 전단지 돌리는 것보다 인스타에 홍보하는 게 더 먹히는 것 같아요. 우리 가게가 대학가에 있기도 하고." 주방 매니저 언니가 말했다.

"지민 씨는 인스타 안 한다고 했죠?" 부점장님이 말했다.

"네, 저는 SNS는 그다지……."

눈팅용 계정이 있긴 하지만 말 그대로 친구들 계정 둘러보는 용도로만 사용하고 있고 실제로 그것조차 별로 안 하는 편이기에 한다고 말하기가 뭣했다.

"지민이는 확실히 요즘 애들이랑 좀 다른 것 같아. SNS도 안 하고, 그러고 보니 우리 가게에서 알바도 꽤 오랫동안 하고 있고. 하긴, 외계인 영상 때문에 전 세계가 난리인데 저렇게 태연한 대학생이 흔하진 않지."

나는 양파를 썰며, 약간 눈물을 글썽이며, 그건 언니랑 부점장님이 귀여워서 장난친 건데요, 라는 말을 속으로만 곱씹었다.

저녁 영업 개시 5시가 되기 전부터 가게 밖에서 하나둘 손님이 찾아들기 시작했고, 영업을 시작한 후 몇 시간 동안 주문을 받거나 접시를 나르거나 하며 정신없는 시간을 보냈다.

바쁘게 움직이는 와중에도 손님들이 나누는 대화 일부가 얼핏얼핏 들려왔는데, 대화 주제는 하나같이 영상 봤냐느니 외계인이 어떻다느니 일주일 뒤에 인류가 멸망한다느니 그 전에 술이나 먹자느니 어디 놀러 가자느니 죽기 전에 연애 한 번 해 봐야 하는데 해외여행 한번 해 봐야 하는데 같은 이야 기였다. 일주일 뒤에 일어날 일을 진지하게 걱정한다기보다는, 일어날지 일어나지 않을지 확신할 수 없는 일종의 이벤트처 럼 여기고 있다는 생각도 들었다. 나 역시 크게 다를 건 없었 다. 현재 벌어지는 일이 아무래도 이벤트 같아 본능적으로 신 나기는 한데, 따지고 보면 신나서는 안 되는 상황이니 이성적 으로 억누르고 있는 것. 언니 눈에 내가 태연하게 보이는 것 은 어쩌면 본능과 이성이 팽팽하게 맞서고 있는 결과로써 드 러난 모습인지도 모르겠다.

하루가 지나고 이틀이 지나고 사흘이 지나도록 사람들은 지치지도 않고 외계인에 대해, 영상의 진실 여부에 대해 이야기를 늘어놓았지만 개인 대 개인으로서 할 수 있는 말은 딱 거기까지였다. 이 상황을 해결하거나 타개할 수 있다고 진지하게 고민하는 사람은 없는 것 같았고, 대화의 소재로 이용되거나 온라인상의 밈으로 소비되는 데 그치는 것으로 보였다. 그러는 와중에 외계인 추종자나 지구 멸망 신봉자 관련 내용이 SNS 실시간 트렌드에 뜨거나 유튜브 인기 급상승 동영상에 오르기도 했다.

한국 정부나 미국 정부는 물론 UN 측에서도 외계인 영상에 대해 아무런 공식 발표를 하지 않았다. 처음 영상이 올라오던 날 공지했던 유튜브 측의 '잠시 후' 역시 사흘이 지나도록 찾아오지 않았다.

순식간에 혼란에 빠진 것처럼 보인 인류는, 마찬가지로 재빠르게 안정을 되찾는 것으로 보였다. 그리고 그런 빠른 변화에는, 설마 진짜로 무슨 일이 일어나겠냐는 마음과, 만약 그런 일이 일어나더라도 사실상 내 주변의 모든 사람과 함께 죽기 때문에 슬플 것도 무서울 것도 없다는 마음, 무엇보다 터무니없는 미래에 현실적으로 대처할 수 없다는 마음 등이 뒤섞여 있는 것 같았다.

물론 앞서 말했듯 외계인 추종자나 지구 멸망 신봉자 같은 예외도 드물지 않게 찾아볼 수 있었는데 예외는 그뿐만이 아니었다. 지금 우리가 처한 상황, 다시 말해 현재 우리가 사는 세계에서 빠져나가 다른 세계에서 살아가는 일에 대해 진심으로 믿고 행동으로 옮기려는 사람도 있었다. 잠적한 지 10개월 만에 연락이 온 전 남친 연호수가 바로 그 대표적인 사례라 할 수 있다.

군대도 다녀와서 3학년까지 마친 후, 더 늦기 전에 자기 진로에 대해 진지하게 고민해야겠다며, 그 고민과 방황의 시간에 나를 끌어들일 수는 없다며 미안하지만 우리의 연애는 여기에서 끝맺는 게 좋겠다는 말과 함께 이별을 고한 인간.

당시 그의 말은 갑작스럽기도 했거니와 그다지 설득력도 없었다. 그보다는 황당하고 어이없는 마음이 더 컸다. 하지만 곰곰이 생각해 보니 떠나겠다는 사람을 붙잡고 싶을 만큼 내 마음도 그리 크지 않다는 사실을 깨달았고, 결국 순순히 이별을 받아들였다.

연호수와는 탁구 동아리에서 선후배 관계로 알게 됐지만 친해진 건 1학년 2학기 교양현대사상 수업을 우연히 같이 들으면서부터였다. 내 쪽에서 조금 더 적극적으로 다가가 겨울방학이 시작될 무렵부터 연애를 시작했다.

연인이 된 이후 가장 먼저 수정한 건 호칭이었다. 동아리 내에서는 선배라는 호칭 대신 언니나 오빠라는 호칭이 일반적이었는데, 자기는 연인 관계에서 오빠라는 호칭이 내키지 않는다며 그냥 이름으로 불러 달라고 부탁했다. 아무리 남자친구라고는 해도 20년 가까이 유교 정신을 알게 모르게 습득해 온 나로선 세 살 연상의 남자를 이름으로만 부르는 일에 저항감을 느낄 수밖에 없었다. 하지만 그것도 잠시, 주입식 반복 학습처럼 호수야, 호수야, 연호수, 연호수, 연호, 연호, 야, 야, 야, 반복하다 보니 차츰 익숙하게 됐다.

반말하기도 편하지 않은 세 살 연상의 남자에게 내가 먼저 마음을 열 수 있었던 건, 기본적으로 호수가 오글거림과 무던함 사이에서 딱 과하지 않을 정도로 다정한 사람이었기 때문이다. 연애를 시작한 이후 선배랍시고 혹은 남자랍시고 허세를 부리는 일도 별로 없었고, 무심코라도 비속어를 사용하지 않았다. 연인 관계라고는 하지만 보채는 강아지처럼 늘 들러붙어 있는 것도 아니고 매정한 고양이처럼 자기가 필요할 때만 찾아오는 것도 아닌 쾌적한 거리감도 마음에 들었다. 심지어 탁구까지 함께 칠 수 있으니 연애 초반에는 정말 천생연분을 만나기라도 한 듯 행복한 시간을 보낼 수 있었다.

내가 알던 사람과 조금 다르다고 생각했던 건 2학년 여름 방학이 시작되고 나서였다. 말다툼이 있었거나 사소한 오해가 쌓여 감정적인 소모가 발생한 것도 아닌데 연호수가 갑자기 내 연락에 아무 응답도 하지 않은 날이 있었다. 혼자 영화관에서 영화를 보거나 한창 탁구 치는 데 몰두하거나 이따금 친구들과 밤에 술 마시느라 연락이 되지 않는 때가 몇 차례 있긴 있었다. 하지만 그럴 땐 항상 사전에 자신의 일정을 공유했고, 보통은 몇 시간 뒤에 전화를 걸거나 문자메시지를 보내 주었다.

7월 초의 그날은 아침부터 저녁까지 아무 연락이 없었다. 평소에 그런 적이 단 한 번도 없었기에 걱정되는 마음이 커졌고, 나는 라멘집 아르바이트를 마치자마자 서희와 함께 호수가 사는 원룸에 찾아가 보기로 했다. 혹시 안 좋은 일이 생긴 건지, 어느새 불안한 마음이 커졌던 것이다.

하지만 연호수가 사는 원룸 건물에 다가가 보니 호수가 사는 방의 창에서 옅은 불빛이 새어 나오고 있었고, 그 순간 안도하는 마음과 동시에 분노하는 마음이 들끓었다.

"뭐야? 연호수 이 인간 방에 있잖아."

"컴퓨터 켜 두고 어디 나간 거 아닐까?"

다시 한번 호수에게 전화를 걸어 보았다. 여전히 전화를 받지 않았다.

"혼자 들어가 볼래? 아니면 같이 들어갈까?"

나는 잠시 고민하다가 "미안한데 문 앞까지만 같이 가 줄래?"라고 말했다. 서희는 내 손을 잡고 앞장서듯 걸었고, 내가 건물 비밀번호를 누르고 들어가자 3층 연호수의 방 앞까지 에스코트하듯 나를 데리고 갔다.

문 앞에 서서 몇 차례 크게 심호흡을 하며 들끓는 마음을 가라앉힌 후, 똑 똑 똑, 문을 두드렸다. 잠시 기다렸지만 안에선 아무 대꾸도 없었다. 이번에는 조금 더 주먹에 힘을 주어 쿵 쿵 쿵, 현관문을 두드렸다. 여전히 아무 반응이 없었다.

다시 걱정스러운 얼굴로 옆에 서 있던 서희를 쳐다보았고, 서희는 "일단 들어가서 확인해 보는 게 좋지 않을까?"라고 말했다. 서희의 말에 고개를 천천히 끄덕인 뒤, 삑, 삑, 삑, 삑, 삑, 삑 여섯 자리의 숫자를 누르고 현관문을 열었다.

건물 밖에서 예상했던 대로 불이 꺼진 방 안에는 컴퓨터

모니터만이 빛나고 있었다. 그리고 그 앞에, 연호수로 짐작되는 남자의 뒤통수도 함께 보였다.

뭐야? 진짜로 집에 있었잖아.

문을 두드리는 소리에도, 문이 열리는 소리에도 전혀 반응이 없던 그는 내가 방 불을 켜자 그제야 고개를 돌려 나를 바라보았고, 머리에 쓰고 있던 헤드폰을 빼며 "어."라는, 놀란 것도 아니고 당황한 것도 아니고 그렇다고 미안한 것도 아닌, 기이하게 혼이 빠진 듯한 낮은 한마디 음성을 내뱉을 뿐이었다. 얼핏 보인 모니터에는 내가 읽어 본다 한들 도저히 이해할 수 없는 프로그래밍 코드가 화면 가득 나열돼 있었다.

연호수는 다시 모니터를 바라보다가, 그제야 상황이 파악됐는지 손에 들고 있던 헤드폰을 바닥에 떨어뜨리며 벌떡 자리에서 일어나 나를 바라보았다.

잠도 안 자고 밥도 안 먹은 듯 퀭하고 핼쑥한 호수의 얼굴이 눈에 들어오자 분노보다는 안도하는 마음과 짠한 마음이 더 커졌지만, 그와 동시에 궁금증도 치밀었다. 도대체 뭐 하느라 방 안에 틀어박힌 채 연락 한 통 없었을까. 무슨 프로그램을 짜느라 전날 밤부터 따지면 거의 하루 가까이 소식이 없었을까.

"지민아."

하지만 연호수의 얼굴을 보아하니 지금 당장 물어본다 한들 제대로 설명할 수 있을 것 같지도 않았고, 그의 대답을 듣는다고 한들 내가 제대로 이해할 수 있을 것 같지도 않았다.

"생존 확인했으니 됐어. 지금 밖에서 서희 기다리고 있으니까 오늘은 그냥 돌아갈게. 나중에 얘기하자."

그렇게 말하고 돌아서서 나가려는데, 호수가 "지민아, 잠깐만."이라고 나를 불러 세웠다. "왜?"라고 물으며 바라보고 있노라니 호수는 아무 대꾸도 하지 않은 채 내 쪽으로 다가와 가만히 나를 끌어안았다. 뭐지? 하는 의아함도 잠시, 나도 모르게 코끝이 찡한 느낌을 받았다. 곧이어 "지민아, 고마워."라는 호수의 목소리가 들렸고 그 순간 울컥, 하는 마음과 함께 눈물이 글썽거렸다. 결단코 눈물을 흘리고 싶진 않았기에 최대한 눈에 힘을 주며 버티다가 눈동자에 눈물이 마를 무렵 호수를 슬그머니 밀어내며 "나중에 연락할게."라는 말을 남기고 빠르게 방 밖으로 빠져나왔다.

건물 밖으로 나오자 건너편 편의점 앞에 서 있는 서희의 모습이 보였다.

"생각보다 빨리 나왔네? 그러잖아도 집으로 돌아갈까 어쩔까 하던 참이었는데."

"고마워, 서희야."

내 눈에 아직 덜 마른 눈물을 봤는지 아니면 목소리에 섞인 습기를 감지했는지, 서희는 집으로 가는 길에 슬며시 울었냐고 물었다. 나는 자동 반사적으로 아니라고 답했다가 잠시 후 조금이라고 덧붙였다. 이후 한동안 말없이 걷다가 집에 다다를 무렵 서희는 잘했다고 말했다.

그날 밤 호수는, 차라리 한글 파일로 보냈으면 읽기 수월했으리라 생각될 만큼 장문의 문자메시지를 보냈다. 고등학교 때부터 이따금 프로그램 코딩에 빠지면 원하는 결과가 나올 때까지 주변 사람들은 물론 자기 몸도 신경 쓰지 않은 채 모니터 앞에만 앉아 있는 일이 있다는 내용을 구구절절 늘어놓으며, 앞으로는 이런 일이 없으리라는 말과 함께 사과의 마음을 전하고 있었다.

나는 그 메시지를 서너 차례 읽기만 했을 뿐 아무 대꾸도 하지 않았으나 이튿날 저녁, 호수가 내가 일하는 라멘집 앞에 와서 기다리고 있었고, 재차 사과의 마음을 전했기에 그 후 우리는 별일 없었다는 듯 평소처럼 이야기를 주고받았다.

돌이켜 보면 이날의 사건 이후 호수에게 열려 있던 마음의 문 일부가 조금 닫힌 것 같기도 하다. 코딩에 빠지든 뭐에 빠지든 다시 한번 호수와 연락이 두절되는 일이 일어나지 않을까, 하는 의구심이 나도 모르는 무의식 어딘가에서 자라났고, 지금으로선 일어날지 일어나지 않을지 알 수 없는 앞으로의 일에 대비하기 위해, 마치 보험을 들 듯, 그래야 내가 받는 심적 타격의 크기를 줄일 수 있었기에, 마음의 문 일부가 조금

닫혔던 게 아닐까.

그날 이후 호수는 단 한 번도 같은 잘못을 반복하지 않았지만 그럼에도 조금 닫힌 문은 시간이 지나면서 그게 당연한 수순이라는 듯 조금씩 더 닫히기 시작했다. 그래서일까. 그날의 사건 이후 다시 몇 개월이 지난 어느 날, 호수가 갑작스레 헤어지자고 통보해 왔을 때도 나는 큰 감정적 동요 없이 이별을 받아들일 수 있었다.

어쩌면 반대로, 내가 깨닫기도 전에 호수가 먼저 내 마음의 문이 닫히고 있음을 알아챘고, 그 문이 완전히 닫히기 전에 이별을 고해 왔는지도 모를 일이었다.

호수는 나에게 이별을 고한 뒤 살고 있던 원룸에서 이사까지 하며 탁구 동아리에서는 물론 학교에서조차 완전히 잠적했는데, 그 이후 무려 10개월 만에 다시 연락을 해 온 것이었다.

외계 생명체의 영상이 업로드되고 사흘째 되는 날 밤, 핸드폰에 저장되지 않은 번호로 전화가 왔다. 처음엔 무시하려 했으나 그 숫자의 나열이 왠지 모르게 낯이 익어 이걸 어디서 봤더라 어디서 봤더라 빠르게 머리를 헤집다가 마침내 연호수라는 이름을 떠올릴 수 있었다.

상대방이 10개월 만에 연락 온 전 남친이란 사실을 인식하고도 큰 거리낌 없이 전화를 받을 수 있었던 이유는, 앞으로 내가 할 수 있는 건 오늘 하루하루를 충실히 사는 것뿐이라 다짐하며 주변 사람들에게 말하고 다녔다고 한들, 어쩌면 닥쳐올지도 모를 인류 멸망이라는 두려움이 마음 한구석에 남아 있었기 때문이었을지도 모른다. 그래서 지금은 비록 남이나 다름없는 사람이 됐을지언정 내가 한때 많이 사랑했던 사람과 어쩌면 마지막일 수도 있는 대화를 나눠 보고 싶었기 때문이었을지도 모른다.

— 여보세요.

— 다행이다, 받네.

— …….

— 나야, 호수.

— 아, 어.

— 갑자기 밤에 전화해서 미안해. 잘 지내지?

— 그냥저냥. 넌 어때?

— 나도 그럭저럭.

— …….

— 지금 잠깐 통화 괜찮아?

헤어진 커플이 오랜만에 연락해 나눌 법한 어색한 인사가 끝나자마자 호수는 헤어진 커플이 하지 않을 법한 이야기를 이어 나갔다. 외계인에 대한 이야기였다. 영상이 공개되고 고

39

작 사흘 만에 잠잠해지고 있긴 하지만 외계인이 하는 말은 사실일 가능성이 높고, 그렇다면 이제 나흘 후 인류 대부분은 지구상에서 사라진다는 의미이니 지금이라도 살아남기 위해 대책을 강구해야 한다는 내용이었다.

호수의 말에 나는 서희에게 했던 말을 다시 꺼냈다. 우리에게는 세 가지 경우의수가 있는데, 그중 우리가 선택할 수 있는 일은 없다고. 우리는 하루하루 자신이 맡은 바 일에 충실할 수밖에 없다고.

— 그러니까 사과나무를 심듯 말야.

그러자 호수가 의아하다는 듯 이렇게 물어왔다.

— 정말 그것밖에 없다고 생각해? 다른 경우의수도 생각할 수 있지 않아?

— 이 세 가지 말고 또 어떤 게 있을 수 있어?

— 멀티버스가 있잖아. 평행우주라고 할 수도 있을 테고.

이번 일을 계기로 막연히 이름만 알고 있던 평행우주에 대해 나도 나름대로 알아보긴 했다. 지금 우리가 살고 있는 세계와 비슷하면서도 조금은 다른 역사를 가진 세계가 이 드넓은 우주 어딘가, 혹은 완전히 다른 우주에 존재할 수도 있으리라는 개념을 가리키는 말이었다. 요즘 웹툰이나 애니메이션, 드라마 중에서도 이런 소재로 창작된 작품이 많이 나오는 것 같았다. 또한 이론물리학이라는 학문에선 진지하게 평행우주에 대해서 연구한다고도 했다. 하지만 그건 논리적으로는 맞다고 해도, 물리적으로는 확인할 수 없는 세계이지 않은가.

외계인에서 시작된 이야기에 난데없이 평행우주라는 개념이 나와 당황하긴 했지만 며칠 전에 봤던 물리학자와 과학 커뮤니케이터의 라이브 방송에서 들었던 내용을 떠올리며 차분히 내 입장을 말했다. 하지만 이어지는 연호수의 말은 더욱 생뚱맞게 느껴졌다.

— 여기서 문제는, 평행우주가 물리적으로 실재한다는 명제와, 과도하게 뒤얽힌 네트워크로 인해 평행우주가 실재한다는 잘못된 정보가 우연히 만들어졌다는 명제, 이 두 명제를 논리적으로 구분하는 게 불가능하다는 점이야.

— 명제? 과도하게 뒤얽힌 네트워크? 그게 무슨 말이야? 여기서 갑자기 웬 네트워크?

— 평행우주라는 걸, 지금과는 조금 다른 역사를 가진 세계가 무수히 존재한다고 생각하기보다는, 과도하게 뒤얽힌 인터넷 네트워크의 어떤 착오로 인해서 만들어진 이른바 픽션의 플롯이라 받아들이면 이해하기 쉬울 것 같아서 꺼낸 말이긴 한데…….

— 잠깐만, 잠깐만. 그러니까 여기서 갑자기 네트워크가 왜 나오냐고? 네트워크랑 평행우주랑 외계인이랑 인류 멸망이랑

어떤 관계가 있길래? 난 네가 지금 무슨 말을 하고 있는지도 모르겠고 무슨 말을 하고 싶은지도 모르겠는데? 그리고 이 얘기를 지금 꼭 해야 하는 거야?

―당연하지. 이건 네 인생이 걸린 이야기니까. 아니, 네 인생만이 아니라 내 인생도 걸린 이야기니까.

절반이나 채 알아들었을까 싶을 만큼 이해하기 어려웠던 연호수의 말에 따르면, 미래의 세계에서는, 정확하게 말해 우리 세계와는 다른 어떤 평행우주에 존재하는 지금보다 미래의 세계에서는, 네트워크에 의한 평행우주가 공식적으로 인정되었다고 했다.

그 평행우주에서는 양자 회로를 도입한 컴퓨터가 발전하며 네트워크가 급속도로 팽창했는데, 그와 더불어 챗GPT로 유명한 생성형 인공지능의 발전이 곁들여지면서 인터넷에서 접속할 수 있는 사이트 중 어떤 것이 인간이 직접 만들었고 어떤 것이 컴퓨터가 스스로 소스를 취합해서 작성했는지 구분할 수 없는 사례가 늘어나게 되었다. 더욱이 위키피디아 같은 사이트에는 실재하지 않았던 인물들이나 일어난 적 없는 역사적 사건들도 구체적인 참조 항목이 첨부되어 다량으로 만들어졌다. 극초반까지만 해도 수많은 사람들이 지속적으로 수정과 삭제를 시도하며 객관적 사실을 유지하려 아등바등

했으나 금세 양자컴퓨터와 인공지능이 연합해서 만들어 내는 가공된 세계의 속도를 따라갈 수 없었고, 이후 인터넷에서는 어디까지가 사실이고 어디까지가 거짓인지 구분하는 게 불가능한 시점에 이르게 되었다.

그즈음 미국의 네트워크 공학박사 팀이 프로그램 코드를 통해 인터넷에 공개된 모든 언어 차원의 명제를 망라한 의미론적 위상 구조를 그려 내기 시작했다. 그 결과 사람들이 실제로 접속하는 네트워크의 영역은 5퍼센트에도 미치지 못한다는 사실, 더불어 네트워크에서 진짜 '현실'이라고 인정할 수 있는 세계가 이른바 십수 개의 '반(反)현실' 세계에 에워싸여 있다는 사실을 확인할 수 있었다. 그리고 그 '반현실'이라는 세계는 무작정 현실에 반하는 세계도 아닐뿐더러 각각의 세계마다 내적으로 긴밀한 관계성을 가지고 있다는 사실까지 밝혀냈다.

이후 세계 각국의 물리학자 및 프로그램 개발자 들이 모여 네트워크에서 일어나는 작금의 현상에 대한 논의가 이어졌고, 네트워크에서 일어나는 '반현실화' 현상 증식을 멈추는 것이 수학적으로 불가능하다는 결론에 이르게 되었다. 더불어 자신들 세계의 네트워크가 어느새 다른 평행우주들로부터의 간섭이 이뤄지는 집적 장치가 됐다는 주장과 이를 뒷받침하는 근거가 나왔고, 네트워크에 의한 평행우주를 공식적으로 인정할 수밖에 없게 됐다는 내용이었다.

호수는 내가 이해하기 쉬운 말을 골라 가며, 까다로운 개념은 반복해서 설명하며 이야기를 이어 갔는데, 호수의 말을 다 듣고 나서도 내용에 대한 이해는 둘째치고 그가 왜 이런 이야기를 내 인생이 걸렸다는 둥 자기 인생이 걸렸다는 둥 과장된 수식을 섞어 가면서까지 하고 있는지 판가름하기 어려웠다.

— 호수야, 네가 얼마나 평행우주에 진심인지 알겠고, 그래, 네 말대로 평행우주가 실재할 수도 있을 것 같아. 하지만 그런다고 뭐가 달라질 게 있어? 더군다나 나흘 뒤에 인류가 멸망할 수도 있다는 이야기와는 어떤 관련성이 있는데?

— 우리가 사는 세계를 컴퓨터의 하드디스크라고 비유하자면, 난데없이 나타난 어떤 외부인이 하드디스크 하나를 포맷하려고 하는 것과 마찬가지의 상황이잖아. 그러니까 포맷되기 전에 얼른 다른 하드디스크로 넘어가야 하지 않겠어?

— 네가 말한 그 평행우주란 네트워크상에서만 존재하는 거 아니야? 그리고 네 비유를 빌리면 우리 개개인은 그냥 파일 조각에 불과한 존재잖아. 파일 스스로가 지금 있는 하드디스크에서 다른 하드디스크로 넘어가는 게 가능해? 파일을 조작해서 옮겨 줄, 이를테면 신 같은 존재도 없이?

— 좋아, 평행우주에 대한 개념은 어느 정도 말한 것 같으

니 이제 내가 직접 겪은 일을 말해 줄게.

— 직접 겪은 일? 이제부터 그 평행우주에 다녀왔다고 말하기라도 할 참이야?

— 맞아.

— 그만해.

— 실제로 가 봤다니까.

외계인 영상을 보다 너무 과몰입한 나머지 머리가 조금 이상해진 게 아닐까 싶을 만큼 황당하기 짝이 없는 연호수의 당당한 답변에 그만 말문이 막히고 말았다. 더욱이 그 이후 이어진 연호수의 말에는 콧방귀를 뀔 기력도 사라질 만큼 입이 떡 벌어지고 말았다.

어느덧 밤은 깊어 11시 반. 서희가 경영학과 동기들과의 술자리로 아직 귀가하지 않았기에 그때까지 인내심 있게 호수가 하는 이야기를 들을 수 있었으나 이제 막다른 골목에 접어든 것 같았다.

그러는 한편, 죽은 사람 소원도 들어준다고 하는데 전 남친이 하는, 「세상에 이런 일이」에 나올 법한 이야기 정도도 못 들어 주랴, 무슨 소리 하는지 들어나 보자, 하는 관대한 마음이 공존하기도 했다.

— 작년 여름쯤이었나, 내가 연락이 안 돼서 네가 찾아온 적이 있잖아? 그때가 다른 평행우주에 존재하는 사람과 처음

으로 음성 파일을 주고받으면서 소통을 시작했던 날이야. 그 전까지만 해도 메시지 파일만 주고받았거든. 나도 컴퓨터공학과 학생이긴 하지만 그게 어떻게 가능한 일인지 원리를 설명하기란 불가능해. 저쪽 세계에서는 네트워크의 평행우주가 공식적으로 인정돼서 이 세계는 하나가 아니다, 네트워크 어딘가에 또 다른 세계가 여럿 존재한다, 이런 인식들이 형성되다 보니 그쪽 사람들은 다음 단계로 자연스럽게 새로운 욕망을 품게 됐어. 다른 평행우주의 사람들과 소통하고 싶다는 욕망. 다양한 개발들이 빠르게 이뤄졌고, 양자 컴퓨터 소프트웨어를 이용해 만들어진 터미널을 통해서 다른 평행우주와 메시지를 주고받을 수 있게 됐지. 명칭은 중요한 게 아니니까 그냥 흘려들어도 돼. 처음엔 단어나 아주 짧은 문장만 겨우 주고받을 수 있는 수준이었는데, 프로그램 코딩이 점점 정교해지면서 긴 텍스트 파일이나 음성 데이터까지 주고받을 수 있게 됐어. 근데 여기서 끝난 게 아니야. 지민아, 듣고 있지?

ㅡ듣고 있어.

ㅡ이제부터 정말 중요한 내용이야. 그래서 다른 평행우주들과의 소통이 어떤 영향을 미쳤느냐. 터미널이 개방되면서 동시에 다중인격에 대한 해석 자체가 완전히 뒤바뀌게 됐어. 평행우주의 간섭으로 발생하는 네트워크의 반현실과 마찬가지로, 인간의 뇌 역시 다른 평행우주로부터의 의식 침입 가능

성에 노출됐다는 말이지. 네트워크랑 인간의 뇌가 어떻게 연결되는지는 몇 달을 겪어 본 나로서도 여전히 이해하기 어려운데, 아무튼 그쪽 사람들은 그걸 물리적으로 구현할 수 있게 됐어. 뇌과학 연구소에서 여러 번의 시행착오 끝에 해리성 정체장애가 있는 환자의 뇌를 매개로 다른 세계에 존재하는 의식을 불러들이는 작업을 성공시켰으니까. 이제는 98퍼센트의 높은 확률로 성공하고 있는 것 같아.

거기까지 듣고 나자 연호수가 한 시간에 걸쳐 빙빙 에둘러가며 풀어놓은 이야기의 맥락을 겨우 잡은 듯한 기분이 들었다. 내 나름대로 연호수의 이야기를 요약하자면, 우리보다 과학기술이 발전한 평행우주가 존재한다, 그쪽 세계에서 네트워크가 복잡해졌고, 그걸 계기로 평행우주가 실재한다는 사실이 인정됐다, 이후 과학자들이 다른 평행우주와 소통할 수 있는 프로그램을 만들었고 연호수가 어떻게 운 좋게 얻어걸려 그들과 이야기를 주고받을 수 있었다, 평행우주가 실재한다는 사실은 네트워크뿐 아니라 뇌과학에도 영향을 미쳐 해리성정체장애가 있는 환자의 뇌를 매개로 다른 평행우주와 의식을 주고받는 일이 가능하게 되었다…….

— 그래서 그쪽 평행우주에 존재하는 누군가의 뇌를 매개로 네 의식이 그쪽으로 넘어가서 그 세계를 경험할 수 있었다는 말이네?

—그렇지.

—외계인이 나흘 뒤에 우리 세계의 인류를 전멸시킬지도 모르니 그쪽 평행우주로 넘어가서 살 수도 있다는 말이고?

—이제야 말이 좀 통하는 것 같네.

—내 의식이 그쪽 평행우주로 넘어간다면, 해리성정체장애가 있는 환자의 몸을 빌려서 살아간다는 말이야?

—조금 복잡한 이야기이긴 한데, 어느 정도는 선택의 가능성이 열려 있어.

—선택의 가능성이 열려 있다?

—그렇지.

—…….

—왜?

—궁금한 게 있어.

—뭐든 물어봐.

—도대체 영문을 모르겠거든. 이 이야기를 나한테 왜 하는 거야? 그것도 헤어지고 나서 무려 10개월 만에 나타나서. 아까 또 그런 말도 했지? 네 인생도 걸려 있고 내 인생도 걸려 있다고. 그건 또 무슨 의미야? 이제 와서 다시 나랑 연애하고 싶다는 말은 아닌 것 같고. 만약 그렇다고 해도 난 전혀 마음이 없는데.

그 이후 이어진 연호수의 터무니없는 이야기를 듣다가, 그 내용을 구체적으로 상상해 보려 하다가, 이게 무슨 개소리지, 왠지 구역질이 날 것 같아서 전화를 끊고 말았다. 마침맞게 서희가 술 냄새를 풍기며 귀가하였기에 나는 핸드폰을 무음 모드로 설정하여 책상 위에 엎어 둔 채 서희를 맞이했다. 이후 한동안 서희의 독백인지 푸념인지 모를 술주정을 듣느라 연호수에게 연락이 왔다는 사실을 그럭저럭 잊은 채 그대로 잠에 빠져들 수 있었다.

D-3

이튿날 점심, 지난 여름방학 때 오사카에 3박 4일로 함께 놀러 간 이후 대략 4개월 만에 고등학교 동창 친구들과 다시 만났다. 졸업하고 나면 학창 시절 친구들과의 친목 모임은 흐지부지되기 쉬운데 우리는 자연스럽게 맡게 된 모임 내 역할 때문인지 만남을 꾸준히 유지할 수 있었다.

강승연은 리더 격으로 주기적으로 단톡방에 글을 올리거나 약속 일정을 정하는 역할을 했고, 황아름은 계획적인 성격에 맛집 찾아다니기를 좋아해서 만날 장소를 정하거나 여행 일정을 담당했다. 김지호는 철학적인 혼잣말과 말장난 사이를 오가는 화법으로 대화에 난데없는 정적과 배꼽 잡는 웃음을 부여하는 역할을 했고, 나는 전공을 살려 한국에 많이 알려지지 않았지만 놓쳐선 안 될 일본 애니메이션이나 드라마, 만화를 소개했다.

보통은 기말고사 끝나고 만나는 일이 잦았으니 이번 모임이 부자연스럽지는 않았지만, 한편으로는 외계 생명체와의 퍼스트 콘택트 이후 일주일이라는 맥락 때문인지 의미심장하게 느껴지기도 했다. 평소라면 먼저 만나자는 말을 잘 꺼내지 않던 지호가, 일주일 뒤에 어떻게 될지 모르니 그 전에 한번 만나는 게 좋지 않을까, 하고 단톡방에 진지하게 메시지를 남겼기에 이틀 만에 다소 급하게 마련된 자리기도 했다.

평소에도 일주일은 순식간에 사라지는데 이번 일주일은 더욱 빠르게 흘러 이제 디데이까지 사흘밖에 남지 않았다. 약속 장소로 가는 길에, 사흘 뒤면 소중한 나의 친구들과 다시는 만날 수 없을지도 모른다고 상상해 봤다. 딱히 실감 나진 않았고 그보다는 뭐랄까, 사흘 뒤엔 내가 상상도 못 한 일이 벌어질지도 모른다는 설렘이 여전히 조금 더 큰 것 같았다. 물론 거기엔 오랜만에 친구들과 만나 즐거운 시간을 보낼 수 있으리라는 기대감도 있을 것이다.

단톡방에서도 수시로 외계 생명체에 대해 새롭게 업데이트된 정보나 그와 관련한 의견을 주고받던 우리는 파스타 가게에 둘러앉자마자 또다시 외계인 이야기부터 화제에 올렸다. 이제 고지한 날까지 오늘 빼면 사흘밖에 남지 않았다는 말에서 시작하여 유럽의 극우 집단이 이번 일을 계기로 완전히 수면 밖으로 나와 말썽을 부리고 있다는 따끈따끈한 기사, 세계 곳곳에서 발생하던 더플칸리엡을 추종하는 종교 집단이 한국에서도 드디어 모습을 드러냈다는 인터넷 커뮤니티의 글, 표면적으로 아직 큰 소동은 없지만 언제 어디에서 사건이 터질지 몰라 불안하다는 말까지.

파스타를 절반 정도 먹었을 즈음, 이야기의 화제가 갑자기 내 쪽으로 튀었다. 몇 달 전에 남자 친구와 헤어진 승연이 엊그제 전 남친에게 연락이 왔다는 말을 하다가 나에게도 물어본 것이다.

"며칠 뒤에 실제로 어떻게 될지 모르니까 그 전에 마지막으로 한번 연락했다고 하더라고. 끝난 지 벌써 몇 달이나 지났고 헤어진 지 2주 만에 다른 여자 만나는 새끼가 마지막은 또 무슨 마지막이야? 하여튼……. 지민아, 넌 혹시 무슨 연락 안 받았어?"

"나?"

"근데 지민이는 헤어진 지 거의 1년 다 되지 않았어? 그 정도면 연락 올 일 없을 것 같은데."

옆자리에 앉아 있던 아름이 맞은편의 승연을 봤다가 내 쪽으로 살짝 고개를 돌리며 말했다.

나는, 아, 연호수, 라고 자그마하게 내뱉었고, 그 순간 간밤에 통화했다는 사실이 떠올라 나도 모르게 윽 하는 소리를 내며 인상을 구겼다.

"왜? 어디 안 좋아?"

맞은편에 있던 지호가 나를 보며 말했다.

나는 "아니, 그게 아니라⋯⋯"라고 말을 줄이며 파스타를 천천히 씹었고, 그 틈에 어젯밤 연호수가 했던 그 많은 이야기의 키워드를 빠르게 머릿속으로 곱씹었으며, 고개를 절레절레 흔들다가 다시 입을 뗐다.

"전화 온다고 상상하니까 갑자기 소름이 돋아서."

"그지, 그지? 나도 그제 전화 왔을 때 완전 소름 돋았다니까."

"외계인 핑계로 전화 한번 해 봤겠지. 헤어지긴 했지만 잘 지내고 있는지 궁금하기도 할 테고." 지호가 말했다.

"지금 사귀고 있는 여친한테나 잘했으면 좋겠네."라고 말하며 파스타를 꼭꼭 씹어 먹던 승연이 갑자기 눈을 동그랗게 뜨더니 "설마 걔 나랑 사귈 때도 이전 여친들한테 밤에 막 전화하고 그랬던 건 아니겠지?"라고 질문인지 혼잣말인지 모를 말을 내뱉었다가 잠시 후 "이제 이런 이야기 그만해야겠다."라고 화제를 돌렸다.

우리는 식사를 끝내고 카페로 자리를 옮겨 외계인에서 연애 프로그램으로, 연애 프로그램에서 드라마로, 드라마에서 아이돌로, 아이돌에서 남자로, 남자에서 대학교로, 대학교에서 아르바이트로, 아르바이트에서 토익 시험으로, 토익 시험에서 취업 문제로, 취업 문제에서 다시 외계인으로, 휙휙 주제를 바꿔 가며 이야기를 이어 갔다.

나는 이야기 도중 한마디씩 보태며 대화에 참여하려 했으나 머릿속에선 자꾸만 어젯밤 연호수에게 들었던 이야기가 떠올라 대화에 집중하기 어려웠다.

연호수의 말에 따르면 평행우주에서 우리는 결혼한 사이였다. 그리고 우리에게는 두 명의 자식이 있었다. 우리보다 나이가 많은 남자 하나와 우리 또래의 여자 하나였다. 이름은 연가을과 연바다. 뇌과학 연구소에서 일하는 뇌과학자 연가을이 호수를 그쪽 세계로 불러들인 장본인이라고 했다. 호수가 그쪽 세계에서 처음 연가을을 만났을 즈음, 나는 60에 가까운 나이였고 지금 우리 세계에는 존재하지 않는 불치병에 걸려 앞으로 3개월을 버티느니 마느니 하고 있었다. 그쪽 세계의 연호수와는 사별한 상태라고 덧붙였다.

연호수는 10개월 전 갑자기 나와 헤어진 이유가, 조금이라도 더 그쪽 세계의 나와 함께 있고 싶었기 때문이었다고 털어놓았다. 그쪽 세계의 나에게 느끼는 감정을 연애 감정이라고 할 수는 없었지만, 양쪽 세계의 나를 동시에 만나는 것이 왠

54

지 모르게 양다리를 걸치고 있는 듯한 느낌이 들었다고 했다.

그 이야기를 듣는 순간, 호수가 나와 헤어지고 그쪽 세계의 나와 함께하고 싶었던 이유를 짐작할 수 있었다. 나에 대한 감정은 유지한 채, 어머니를 일찍 여읜 탓에 부재했던 일종의 유사 모자 관계를 경험해 보고 싶었기 때문이 아닐까. 다시없는 기회였을 테니.

그 감정이 정확히 무엇이든 이곳의 나와 그곳의 나는 엄연히 다른 존재다. 연애 감정이 아니었다고는 해도 나와 헤어질 결심을 할 만큼 강력한 마음이었다면, 그건 사실상 연애 감정이나 마찬가지 아닐까. 이런 생각이 떠오를 즈음부터 스물스물 구역질이 날 것 같은 기분이 차오르기 시작했다.

—하루 중에 이쪽 세계에 있는 건 잠자고 밥 먹을 때 정도? 그쪽 세계에 계속 의식을 두는 게 물리적으로 불가능하지는 않았지만, 그랬다간 이쪽 세계의 육신이 썩을지도 모를 일이잖아. 그러면 이쪽 세계로는 영원히 돌아올 수 없게 되고. 아무튼 시간이 더 지나서, 그쪽 세계의 최지민이 세상을 떠나고 장례까지 다 치르고 얼마 지나지 않았을 때, 가을이가 이런 제안을 하더라고. 자기 쪽 세계로 완전히 넘어와서 함께 살면 어떻겠느냐고. 원래 세계에서 어떻게 될지 모를 앞날에 초조해하며 홀로 비좁은 원룸에서 지내기보다는, 자기 남매와 함께 넓은 집에서 가족처럼 지내는 편이 낫지 않겠느

냐고. 그러면서 덧붙였던 이야기가 너야. 너도 같이 살 수 있으면 좋겠다고. 당장은 어렵겠지만, 내가 그랬던 것처럼 몇 개월에 걸쳐서 조금씩 그쪽 세계에서 지내며 적응하다가 완전히 넘어가서 넷이 함께 살면 어떨까 조심스레 제안했어. 아직 부모가 되지 못했고 앞으로도 될지 안 될지 모를 우리가, 우리가 부모인 세계에서 낳은 아이들과 친구처럼 가족처럼 지낼 수 있는 거야! 이것보다 멋진 일이 있을까. 완전히 새로운 개념의 친구와 가족. 근데 며칠 전 외계인이…….

그 이야기를 들을 즈음 마침내 현실감이 없어지는 듯한 멀미감에 휩싸였고 연호수가 말을 이어 가던 도중 나는 아무 대꾸도 하지 않은 채 전화를 끊고 화장실로 달려갔던 것이다.

약속에 나오기 전 핸드폰을 확인해 보니 연호수에게 부재중 전화 한 통과 문자메시지가 와 있다는 알림이 떠 있었다. 오랜만에 받아 본 장문의 문자메시지에는, 갑작스러운 이야기에 혼란스러울 수도 있겠지만 이제 정말 시간이 얼마 없다고, 자신도 오랫동안 고민하다가 외계인 사태가 눈앞에 닥쳐서야 겨우 말을 꺼낼 수 있었다고, 미처 말하지 못했지만 저쪽 세계에서 확인해 보면 이쪽 세계의 네트워크 정보는 나흘 후 시점부터 사라진다고, 외계인이 정말로 인류의 0.0001퍼센트만 남길지 어떨지는 알 수 없지만 최소한 인터넷을 할 수 있는 환경은 존재하지 않는다고, 한시라도 빨리 저쪽 세계로 넘어가서 적응하는 게 좋지 않겠느냐는, 차라리 한글 파일에 보냈으면 읽기 편했으리라는 생각이 들 만큼 긴 내용이 담겨 있었다.

"지민아, 너도 뭐 하나 불러!"

시끄러운 노래방 반주 소리를 뚫고 승연의 목소리가 들렸다.

카페에서 나와 패밀리 레스토랑에서 맥주를 곁들여 저녁 식사를 하며 한참 수다를 떤 후, 밤 10시가 지나 그냥 헤어지긴 아쉽다는 지호의 제안에 노래방까지 와서 다들 신나게 노래를 부르고 있는데 나만 노래방 책에 고개를 파묻고 있으니 리더 격인 승연이 말을 걸어왔던 것이다.

나는 승연을 보며 손으로 오케이 사인을 보냈고, 마침 노래방 책에서 눈에 들어온 제목의 번호를 확인하여 예약 버튼을 눌렀다.

스스로 비위가 약하다고 느낀 적은 없다. 좋아하지 않는 음식은 있지만, 비위가 상해서 못 먹을 정도의 음식은 없다. 지저분한 장면을 목격하거나 불쾌한 상황에 처해 식사 시간을 조금 미룬 적은 있지만 금세 식욕을 되찾을 수 있었다. 과음 때문에 구역질한 경험도 별로 없었기에 간밤에 연호수의 이야기를 듣다 말고 헛구역질이 나온 이유는 지금 다시 생각해 봐도 의아한 일이었다.

초반엔 불쾌한 감정이 앞섰던 것이 분명하다. 연호수 그 인간은 자기 멋대로 헤어지자 말해 놓고 10개월 만에 다시 연락해 자기 하고 싶은 말만 줄줄 늘어놓고 있었다. 그것도 오로지 자기 혼자만의 감정에 취해서. 그쪽 세계에서 다 늙어빠진 나를 만나고 자신의 아이였을지도 모를 사람들과 교류하며 어떤 마음이 생겼는지는 모르겠지만, 그건 연호수 본인만의 사정이다. 여전히 나를 좋아하는지 어떤지, 애인으로서 생각하는지 어떤지는 알 수도 없고 알고 싶지도 않다. 나는 감정 정리가 끝난 지 오래고, 나에게 연호수는 그저 탁구 동아리 선배였으며 대학생이 되어 사귄 첫 번째 남자였다는 사실 관계의 인간일 뿐 그 이상도 그 이하도 아니다. 그런데 연호수는 자기 감정만 앞세워 자신과 함께 저쪽 세계로 같이 넘어가자는 뚱딴지 같은 말을 늘어놓고 있었던 것이다. 어찌 불쾌하지 않을 수 있을까.

하지만 불쾌한 감정 한편으로 왠지 모를 위화감이 느껴진 것도 사실이다. 뭔가 다른 듯한, 내가 예전에 알았고 지금도 여전히 기억하고 있는 연호수와는 조금 다른 듯한 느낌, 그래서 그가 하는 말을 받아들일 수 없는 듯한 느낌. 구역질이 났던 이유는 어쩌면 무어라 똑 부러지게 설명하기 어려운 그 느낌 때문이 아니었을까.

하긴, 10개월이면 사람이 바뀌기에 충분한 시간일지도 모른다. 심지어 호수의 말을 믿는다면 그는 다른 평행우주까지 경험한 사람이니까.

예약한 노래의 반주가 흘러나와 나는 마이크를 잡고 노래를 마저 불렀다. 제니의 「SOLO」. 승연도 나머지 마이크를 들고 같이 불렀다.

오오오, 이건 아무 감동 없는 love story, 오오오, 어떤 설렘도 어떤 의미도, 오오오, 네겐 미안하지만 I'm not sorry, 오오오 오늘부터 난, 난, 난 빛이 나는 솔로!

막차 시간이 다가와 우리는 노래방에서 나와 전철 개찰구에서 헤어졌다. 집 방향이 같은 승연과 아름이 건너편 승강장에 보였다. 얼마 후 전철이 도착했고, 승연과 아름은 전철에 타자마자 우리가 보이는 쪽 문 유리에 붙어 나와 지호에게 크게 손을 흔들었다. 우리도 그쪽을 보며 손을 흔들었다.

"평소와 전혀 다를 게 없네." 옆에 있던 지호가 말했다.

"뭐가?"

"헤어지는 방식. 우리가 이쪽에 서 있고, 승연이랑 아름이가 저쪽에 서 있고. 전철이 먼저 온 쪽에서 반대편 보며 손 흔들고."

"바뀔 이유가 없으니까. 왜, 바꾸고 싶어?"

"또…… 만날 수 있겠지?"

"당연하지. 그런 걸 왜 물어?"

"사흘 뒤에 어떤 일이 일어날지 모르니까."

"아무 일도 없으면 좋겠지만, 무슨 일이 일어나더라도 어차피 다 같이 죽을 테니 조금은 덜 외롭지 않을까?"

"반대로 혼자 살아남으면?"

글쎄, 라고 말하면서 지호의 질문을 곱씹다가, 그러고 보니 요 며칠 만나는 사람들과 외계인에 대한 이야기를 많이 나눴는데도 막상 혼자 살아남을 상황에 대해서는 단 한 번도 상상해 본 적이 없다는 사실을 깨달았다. 당장은 아무것도 떠오르지 않아 가만히 생각하는 척하고 있으려니 지하철이 전 역에서 출발했다는 안내 멘트가 들렸다.

"이제 이쪽 전철도 들어오겠네. 이번이 막차지?"

"아니, 이거 다음에 오는 게 막차."

"그렇구나."

"만약에 너랑 나 단둘이 살아남으면 어떨까?"

전철이 들어오고 있었다. 며칠 전 서희가 했던 말이 떠올랐다. 0.0001퍼센트 곱하기 0.0001퍼센트는? 0.0000001퍼센트. 아는 사람과 내가 동시에 살아남을 확률. 10억 분의 1. 이게 도대체 얼마만큼 작은 가능성인지는 알 수 없지만, 사실상 불가능하다는 의미가 아닐까.

그러면 연호수와 내가 동시에 살아남는 것도 불가능하다는 말이겠네. 평행우주란 것이 실재하건 어쨌건.

스크린도어 틈으로 바람을 일으키며 전철이 승강장 안으로 들어왔다. 스크린도어에 비친 지호가 살짝 고개를 숙이고 내 쪽으로 얼굴을 돌린 채, 전철 소음을 뚫고 딱 내 귀에만 겨우 들릴 듯한 목소리로 말했다.

"나, 너 좋아해."

갑작스러운 지호의 말에 순간 움찔했으나 최대한 평정심을 유지하며 살짝 고개를 돌렸다.

"어? 어, 나도 너 좋아해."

애써 꾸며 낸 듯한 경쾌한 목소리. 가슴이 두근거렸다.

"아니, 그런 거 아니고. 너 좋아한다고."

아, 어, 라는 내 음성은 스크린도어와 지하철 문이 열리는 소리에 묻혔다. 지하철에서 내리는 사람은 없었고, 나는 지호의 말을 피하는 듯한 타이밍으로 전철 안으로 들어갔다. 지호가 내 뒤를 따라오며 말하는 소리가 들렸다. 지하철 소음이 있었기에 약간은 외치는 듯한 느낌도 들었다.

"지금 아니면 도저히 말 못 할 것 같아서. 말하고 나면 어색해질 수 있다는 거 아는데, 당연히 어색해지겠지만, 말도 못하고 죽는 것보다는 나을 것 같아서. 물론 안 죽을 수도 있겠지만."

그렇구나, 난 전혀 몰랐어, 라는 말이 머릿속에 떠올랐는데, 어쩌면 혼잣말처럼 입 밖으로 나왔는지도 모르겠다. 지호가 눈앞에서 계속 말했다.

"혹시 아무 일도 안 일어나고 나흘 뒤에도 살아 있으면, 오늘 내가 했던 말은 그냥 잊고 평소처럼 승연이랑 아름이랑 다 같이 친하게 지낼 수 있으면 좋겠어."

"어…… 그래."

"그럼, 너 먼저 가. 난 다음에 들어오는 막차 타고 갈게."

지호는 거기까지 말하고 지하철 문이 닫히기 전 다시 승강장으로 나갔다. 닫힌 지하철 문과 스크린도어 너머로 지호의 뒷모습이 보였다. 밝은 갈색으로 염색한, 어깨까지 내려온 지호의 머리칼이 어디서 부는지 모를 바람에 흩날리고 있었다. 덜컹, 지하철이 움직였다.

조금이라도 티를 내 줬으면 이렇게 놀라지는 않았을 텐데.

지호가? 나를?

넷이 어울려 놀긴 하지만 지호와 단둘이 만난 시간은 승연이나 아름과 비교하면 훨씬 적은 편이야. 아름이나 승연과는 고등학교 때도 단둘이 이야기 나눈 시간이 꽤 있었지만 지호와는 졸업 이후에 아름의 소개로 같이 어울리며 친해지게 됐어. 고등학교 2학년 때 같은 반이었어서 매일 얼굴을 보기는 했지만 어쩌다 간단히 인사나 주고받았지 친밀한 대화를 나눈 기억은 없어. 그래서일까. 넷이 함께 있다가 이따금 둘만 남을 때면, 어색하다고 느낄 만큼은 아니었지만 왠지 모르게 내 안에서 긴장감이 올라갔던 것 같아. 어쩌면 자기 마음을 빈틈없이 숨기기 위해 지호가 나에게 벽을 쌓았던 만큼, 나 역시 알게 모르게 지호에게 마음의 벽을 세워 두고 있었던 게 아닐까.

다섯 정거장을 가서 지하철에서 내려 집으로 가는 길에 지호에게 어떤 말이든 전해야겠다고 생각하며 스마트폰을 열었더니 단톡방에 아름이 남긴 메시지가 있었다.

다들 집에 잘 들어가고 있지? 오늘 너무 즐거운 하루였어. 다음에 또 만나. 너희들 너무 좋아 ♥♥

아직 읽지 않음 숫자가 2였다. 나는 자리에 서서 재빠르게 손가락을 움직여 메시지를 작성했다.

아름아, 지호야, 승연아, 나도 너희들 참 좋아. 외계인 따위 없는 세상에서 너희들과 오래오래 친구로 지낼 수 있으면 좋겠어. 조만간 만나서 또 즐겁게 놀자 ♥♥♥

메시지를 보내고 조금은 가벼워진 발걸음으로 집으로 향하려는데 "지민!"이라는 소리와 함께 낯익은 얼굴이 옆에서 나타났다. 지난 1학기 때 외국인 학생을 위한 프로그램에서 멘토와 멘티 관계로 만나게 된 오가와 루리코였다. 프로그램이 끝난 이후에도 가끔 메시지를 주고받기는 했는데 직접 얼굴을 본 건 지난달 학교 식당에서 우연히 만나 인사만 나누고 헤어진 이후 약 한 달 만이었다.

"우아, 루리코! 오랜만이야!"

루리코는 일본 후쿠오카 출신으로 고등학교 때부터 한국 드라마에 심취해 한국어 공부를 시작하여 작년에 우리 대학교 국어국문학과에 입학했다. 1학기 때 일주일에 두 번씩 만나며 프로그램을 진행할 때부터 이미 수준 높은 한국어를 구사할 수 있었는데, 몇 달이 지나자 이제는 발음까지 한국인과 비슷해졌다.

학교 측에서 나를 루리코의 멘토로 붙여 준 건, 내가 일어일문학과 학생이기에 일본인과 어울리면 자연스럽게 일본어 학습에도 도움이 되리라 판단했기 때문이리라. 나 역시 초반에는 일본어 회화 실력을 키울 절호의 기회라 생각하여 루리코와 만날 때면 의식적으로 일본어로 말하려고 했다. 하지만 타국에서 지내며 그 나라 언어를 습득하려는 루리코의 절박함과 비교하면 모국에서 지내며 외국어를 습득하려는 나의 의욕은 바람 앞의 촛불이나 마찬가지였다. 더욱이 나의 일본어는 루리코의 한국어처럼 유창하지 않았다. 차츰 일본어로 말하는 시간이 줄어들었고, 어느 순간부터는 한국어로만 대화를 나누었다.

"이제 들어가나 보네?"

"고등학교 때 친구들이랑 술 마시며 놀다가 지금 가는 길이야. 루리코는?"

"나도 다른 외국인 친구들과 지금까지 술 마셨어."

"저번에 말한 어플에서 만났다는 외국인 친구들?"

"맞아! 다 우리 학교 학생."

우리는 편의점 불빛과 무인 셀프 빨래방 불빛과 무인 아이스크림 가게 불빛과 가로등 불빛으로 환한 원룸촌 골목을 천천히 걸으며 이야기를 나눴다. 루리코는 1학기까지 기숙사에 살았는데 2학기부터는 같은 과 친구와 함께 원룸에 살고 있다고 했다. 생활비를 아낄 수 있어서 좋지만 사생활을 전부 노출할 수밖에 없는 상황이라 불편하지 않을까 걱정했는데, 어느덧 한국에서 2년쯤 살다 보니 벌써 한국인이 다 됐는지 의외로 빨리 적응했다고 덧붙였다. 2학년 때부터 사귄 남자 친구가 같이 살고 싶다 제안하기도 했지만 애인과는 가능하면 동거하지 않을 생각이라고도 했다. 연애만큼이나 친구들과의 교제도 중요하다는 이유 때문이었다.

이따금 주고받는 메시지로는 충분히 나누지 못한 그간의 이야기를 도란도란 나누다가, 이대로 헤어지기는 아쉬운 마음이 들어 따뜻한 캔 음료를 사서 편의점 내에 마련된 테이블에 마주 보고 앉았다. 음료수를 홀짝이던 루리코가 갑자기 생각났다는 듯 외계인 이야기를 꺼냈다.

"지민도 외계인 영상 봤지? 오늘 친구들이랑 한참 그 얘기 나눴는데."

"나도 오늘 만난 친구들이랑 그 얘기 잔뜩 했어. 루리코나 다른 외국인 친구들은 어때? 고향으로 돌아가고 싶어 하는 사람들도 있을 것 같은데."

"방학이라 마침 타이밍 맞게 내일 떠나는 타이완 친구도 있고, 사흘 뒤에 출국하는 비행기표 예매한 독일 친구는 비행기 안에서 죽을 수도 있다면서 일정을 당겨야 하나 어째야 하나 고민하고 있어."

"웃어야 할지 울어야 할지 모르겠다."

"내 말이. 근데 어떻게 될지 지켜보겠다는 친구가 다수고, 나도 그중 한 명이긴 한데……."

루리코는 그렇게 말을 줄인 채 잠시 입을 다물었다.

내가 루리코 입장이라도 고민이 될 것 같았다. 어떤 나라가 좋아서 그 나라에서 공부하며 지내고 있는 상황에, 갑자기 인류가 절멸할 수도 있다는 말을 듣는다면 어떻게 해야 할까. 고향에 있는 가족이나 친구가 생각나지 않을 리 없다. 그렇다고 지금 이곳에서의 일정을 다 멈추고 돌아갈 수도 없는 노릇이거니와, 돌아가고 싶다고 해서 손쉽게 돌아갈 수 있는 것도 아니다. 일본이라면 그나마 비행기도 많고 상대적으로 비행기 요금이 비싸지 않으니 당장 내일이라도 표를 구할 수야 있겠지만.

하지만 얼마 후 입을 뗀 루리코는 뜻밖의 이야기를 꺼냈다.

"오늘 오후까지만 해도 큰 고민 없이, 그냥 어제처럼 그제처럼 하루하루 즐겁게 지내야지 열심히 지내야지 그렇게 생각하고 있었거든? 어머니, 아버지랑 영상 통화로 그런 이야기를 주고받기도 했고. 근데 방금 말한 독일 친구가 알고 보니 일본 애니메이션 오타쿠더라고. 그 친구가 지금 상황이 너무 세카이계 같다는 말을 했어. 지민도 세카이계가 뭔지 알지?"

외계인에 대한 화제에서 갑자기 세카이계란 말이 나와서 갸웃했지만 그 의미에 대해서라면 이번 학기 '일본 현대 대중문화' 강의에서 배웠던 내용이라 아직 기억하고 있다. 세카이계란 10대, 20대 젊은 주인공들이 느끼는 연애 감정이나 하고 있는 고민이, 인류의 운명과 직결되었다는 설정의 세계관이 전면에 드러나는 이야기 장르를 총칭하는 말이다. 대표작으로는 1990년대 최대 히트작 「신세기 에반게리온」을 꼽을 수 있는데, 1990년대 일본 경제 불황이 시작되면서 개인이 사회나 국가에 더 이상 기댈 수 없다는 젊은이들의 심리가 서사 작품에 반영되어 인기를 얻은 이야기 장르였다.

그러고 보면 지금 우리가 처한 상황이 세카이계와 유사한 것 같기도 하다. 여전히 반신반의하지만 인류가 멸망할지도 모를 시점이 사흘 앞으로 다가왔고, 우리를 보호해야 할 국가나 그보다 더 큰 단체는 뚜렷한 해결책을 보여 주지 않은 채 침묵으로 일관, 각자도생하는 수밖에 없는 상황인 것이다. 아니, 외계 생명체의 말을 믿는다면 딜리트 버튼 하나로 곧바로 인류 대다수가 삭제되는 상황이니 사실상 각자도생조차 불가능하다. 닥쳐올 운명을 기다리는 수밖에 없다.

"알지. 근데 세카이계가 왜?" 내가 물었다.

"세카이계와 직접적으로 관련이 있진 않은데, 그 독일 친구가 하는 이야기를 듣다 보니 문득 이런 의문이 들더라고. 우리가 할 수 있는 일이 정말 아무것도 없나? 내가 애니메이션 속 주인공이 아니란 사실은 알고 있지만, 심지어 특별한 파워도 없는 일반인에 불과하지만, 개인으로서 내가 할 수 있는 일이 그날이 다가오기를 기다리는 것 말고는 아무것도 없을까? 그런 고민을 하게 됐어."

"우리가 조금이라도 할 수 있는 일이 있으면 좋겠지. 「드래곤 볼」에서 마인 부우와 싸우는 손오공이 원기옥을 만들 수 있도록 손을 들어 우리의 에너지를 조금씩 나눠준 것처럼."

"그 장면 어렸을 때 남동생이랑 같이 티브이에서 봤었는데. 엄청 감동적이었고."

"슬프게도 현실 세계엔 손오공이 없어. 슈퍼맨이나 아이언

맨도 없고."

"그래서 고민이야. 슈퍼히어로의 힘을 빌리지 않고 평범한 우리가 할 수 있는 일이 분명히 있을 텐데. 그게 뭘까. 어떤 일을 할 수 있을까. 오늘 친구들이랑 헤어지고 나서 지민 만날 때까지 계속 그 생각에 꽂혀 있었어."

내 눈을 똑바로 바라보며 우리가 할 수 있는 일이 분명히 있으리라 진심으로 믿고 있는 루리코. 그런 루리코를 보고 있자 차마 마음속에 있는 말을 솔직하게 내뱉을 수 없었다.

좋은 사람이라는 건 알고 있었는데 오늘 보니 넌 의외로 순진한 구석도 있구나. 우리가 할 수 있는 일, 그런 게 정말 있으리라고 생각해? 국가도 못 하는 일이잖아. 미국도 못 하는 일이고. UN도 못 하는 일이야. 108만 광년 떨어진 어딘지 모를 우주 먼 곳에서 온 더플칸리엡 사람들, 아니 외계 생명체들, 우리보다 압도적으로 과학기술이 발달한 그런 존재들을 상대로 우리가 뭘 할 수 있을 것 같아? 나도 이런 말은 하고 싶지 않지만, 지금으로선 완전히 불가능한 일이잖아.

D-2

외계 생명체가 영상을 업로드하고 닷새째 아침이 밝았다. 그들의 말이 진실이라면, 이제 우리가 맞이할 아침은 오늘을 제외하고 두 번밖에 남지 않은 셈이다.

오늘은 아침부터 탁구 동아리 사람들과 모여 탁구를 치고 회식을 하기로 했다. 방학 전에 정해진 스케줄이니 외계인 사태와는 아무 관련이 없는 모임이었지만, 상황이 상황인 만큼 아무 관련이 없다고 치부하기도 어려웠다. 최근 며칠을 되돌아보니, 인류가 멸망하기 전까지 친하게 지내 온 사람들과 만나 따뜻한 작별 인사를 나누는 듯한 기분마저 들었다.

이틀 연속 과음한 서희는 나의 이런 기분 따위 짐작도 하지 못한 채 침대 옆에서 아 머리야 아 속이야 내가 이놈의 술

다시는 먹나 봐라 혼잣말인지 술주정인지 모를 말을 구시렁 거리고 있었다.

나는 그 소리를 듣다가, 큭큭 웃으며 자리에서 일어나 빠르게 씻고 나갈 채비를 했다.

"서희야, 너도 이제 슬슬 준비해야 해. 10시까지 체육관에 모이기로 했잖아."

"아, 지민아, 죽겠다."

"적당히 좀 마시지."

"나도 어제의 내가 싫다."

"숙취 해소 음료 사다 줄까? 마실래?"

"그렇게 해 주면 고맙지."

"오늘 탁구는 칠 수 있을 것 같아?"

"지금 몇 시야?"

"아직 9시 조금 안 됐어."

"근데 벌써 나가려고?"

"나가서 오랜만에 동네 산책 좀 하려고."

"난 지금 몸 가누기도 어려울 것 같은데, 한 시간 뒤에 탁구 칠 수 있을까?"

"그래도 동아리 사람들 보긴 봐야지."

내 말에 서희가 침대에서 벌떡 상체를 일으키더니 "맞아, 그래야지, 언제 어떻게 될지 모를 세상인데."라고 말했다가 다시 스르르 침대 위로 몸을 뉘었다.

"왜 하필 일주일이었을까?"

"거기에 대한 해석도 다양하게 있더라고. 성서의 「창세기」를 비틀었다는 이야기도 본 것 같고."

"한 달쯤 줬으면 좋았을 텐데."

"한 달? 왜?"

"그만큼 더 놀고 마실 수 있으니까!"

"우아, 신서희."

"왜? 뭐?"

"방금까지 죽겠다 죽겠다 하던 애가 또 놀고 마실 생각을 하네?"

나는 그렇게 말하며 침대 쪽으로 다가가 서희를 일으키려 했으나 눈치 빠른 서희는 내 의도를 간파하고 "아 몰라, 머리 아파."라고 말하며 이불을 뒤집어썼다.

숙취 해소 음료를 사서 서희에게 건네고는 다시 밖으로 나왔다. 직장인들의 출근 시간은 이미 지났고, 학생들은 겨울방학을 맞아 고향에 돌아갔거나 아직 숙면 중일 시간이었기에 원룸촌 골목은 한산했다.

한산한 동네 골목처럼 내 머릿속도 한산했으면 좋았겠으나 간밤에 다시 도착한 연호수의 문자메시지가 속을 시끄럽게 했다. 이전과 다를 바 없는 내용이었다. 이제 시간이 정말 얼마 남지 않았다, 하루라도 빨리 저쪽 세계로 넘어가서 적응하는 편이 낫지 않겠느냐, 만약 이틀 후에도 이 세계가 지금처럼 유지되고 있다면 그때 다시 이쪽 세계로 넘어오는 방법도 있다, 한번 시도해 본다고 너에게 손해될 일은 아니지 않느냐, 선택을 하고 말고의 문제가 아니다, 함께 그쪽으로 가야 한다.

연호수가 10개월 동안 저쪽 세계로 넘어가 어떤 일을 겪었는지 모른다. 어떤 경험을 했고 어떤 감정을 느꼈는지 나로서는 알 수 없다. 지금 내가 호수에 대해 파악하고 있는 점이라면, 그가 나와 헤어지고 난 후 지난 10개월 동안 변했다는 점이다. 10개월 만에 연락이 온 이틀 전, 왠지 모를 위화감을 느끼며 속이 울렁거렸던 이유도 어쩌면 그 때문일지도 모른다. 마치 다른 사람이 된 것처럼 완전히 변했다는 것.

나와 연애하던 1년 2개월 동안 연호수가 이렇게 일방적으로 자기주장만 고집한 적은 없었다. 무언가 하고 싶은 말이 있을 때면 대체로 내 입장과 내 상황을 고려해서 말하는 편이었다. 현재 상황이 일반적이지 않다는 사실을 감안해도, 연호수가 이렇게 집요하게 자기주장만 내세우며 나를 그쪽 세계로 데려가려 하는 점에 대해, 범우주적인 관점에서 보면 이해할 수 있는 부분이 있을 수도 있겠지만 일개 개인인 내가 받아들이기는 어렵다.

사람 변하는 건 한순간이지. 그쪽 세계가 얼마나 매력적인 진 알 수도 없고 알고 싶지도 않지만. 외계인 사태조차 여전히 긴가민가 받아들이기 어려운 상황에서 평행우주라니.

나는 간밤에 만났던 오가와 루리코를 생각했다. 우리가 할 수 있는 일, 내가 할 수 있는 일이 무엇일지 고민하던 루리코의 눈빛이 떠올랐다. 그리고 루리코가 나에게 마지막으로 한 말도.

편의점에서의 대화를 마무리 지으며 슬슬 집으로 돌아가 야겠다고 생각한 나는 어디까지나 가벼운 마음으로 루리코에 게 말했다.

"혹시 우리가 할 수 있는 일이 무엇인지 알게 되면 나에게도 꼭 알려 줘. 시간이 이제 얼마 남지 않았지만."

"내가 알려 주기 전에 지민 스스로 발견하지 않을까?"

"내가?"

"왠지 그럴 것 같아."

"외계인을 상대로 내가 할 수 있는 일이 뭐가 있을지 스스로 발견한다는 말이지?"

"맞아."

"근데 나 지금까지 그 문제에 대해서 한 번도 생각해 본 적 없는데?"

"나도 몇 시간 전까진 한 번도 생각해 본 적 없는 문제야."

한 번도 생각해 본 적 없는데, 평소에는 상상해 본 적도 없는데, 고작 몇 시간 만에 이렇게까지 진지하게 파고든다고? 사람이 이렇게 바뀔 수도 있나? 이게 몰입이나 집중이라는 건가. 어쩌면 그건 루리코가 정말로 순진한 사람이기 때문에 가능한 일인지도 모르겠다. 아니면 특별한 사람이거나. 하지만 나는 별로 순진하지도 않고 특별하지도 않아.

"솔직히 말하자면 난 조금 부정적인 입장이야. 루리코에겐 미안한 말이지만."

내 말을 들은 루리코는 슬며시 웃으며 대꾸했다.

"미안해할 거 없어. 이미 알고 있으니까."

"알고 있다고? 뭘?"

"지민이 그 문제에 대해 부정적인 입장이라는 걸."

"어떻게?"

루리코는 음, 하고 잠시 생각하는 듯한 시간을 갖더니 이렇게 말했다.

"지민이 솔직하게 말했으니 나도 솔직하게 말할게. 이건 한국에선 아직 아무한테도 말한 적 없는 이야기인데, 사실 나, 독심술을 조금 할 줄 알아."

독심술? 읽을 독에 마음 심?

"마음을 읽는 기술 말하는 거야?"

"맞아. 상대방의 속마음을 짐작하는 거. 100퍼센트 정확하진 않은데, 그래도 어느 정도는 맞힐 수 있어."

"미래 예지도 할 수 있어?"

"그건 못 해. 그랬으면 사흘 뒤에 인류가 어떻게 될지 볼 수
있겠지."

"그게 아니라, 아까 루리코가 그렇게 말했잖아. 내가 외계
인을 상대로 할 수 있는 일이 무엇인지 스스로 발견한다고."

"아, 그건 그냥, 일종의, 뭐랄까, 주문……이라고 하면 될까."

"주문이라고?"

"주술일 수도 있겠고."

"주술?"

"소망이라면 소망이고, 기도라면 기도일 수도 있겠다."

루리코는 외계인을 상대로 내가 할 수 있는 일이 무엇인지
스스로 발견한다는 주문을 걸고 주술을 걸었다. 그건 루리코
의 소망이면서 기도이기도 했다. 얼마만큼 효력이 있을지 모
르겠지만, 최소한 이튿날 아침 동네 골목골목을 걸으며 내가
정말로 할 수 있는 일이 있을까 문득 떠올려 볼 만큼 효력이
있긴 하다. 간밤에 루리코와 만나기 전까지만 해도 그저 하루
하루를 성실하게 보내며 그날이 다가오기만을 기다리는 것
말고는 다른 방법이 없다고 믿고 있던 내가, 할 수 있는 게 정
말로 있을지 없을지 살짝 궁리해 볼 만큼 효력이 있긴 하다.
무엇보다, 만에 하나 연호수가 말하는 평행우주를 받아들인

다고 할지언정, 나 하나 살겠다고 가족과 친구들을 외면한 채 홀로 저쪽 세계로 넘어가지는 않으리라 각오할 만큼은 효력이 있다.

물론 마음 한구석에선 답을 찾을 수 없으리라는 부정적인 생각이 여전히 크게 자리하고 있다. 슈퍼히어로도 아니고, 평범하기 짝이 없는 내가 인류 대멸망의 위기 앞에서 할 수 있는 일이 뭐가 있겠어.

그런 생각을 하며 동아리 탁구 대회까지 시간이 얼마나 남았나 확인하려 핸드폰을 봤더니 오랜만에 아빠에게서 메시지가 와 있었다. 간단한 안부 인사 정도나 보냈으리라 생각했는데 아니었다. 장문의 메시지였다.

우리 딸 최지민, 학교생활 잘하고 친구들과도 잘 어울리면서 지내고 있지? 아빠도 늘 그렇듯 책 읽고 번역하면서 잘 지내고 있어. (잘 지내고 있단다, 라고 보내려다가 아빠와 딸 사이에 할 수 있는 너무 클리셰 같은 어투라 그냥 잘 지내고 있어, 라고 평범하게 보냄.)

외계 생명체 영상 때문에 요 며칠 전 세계가 떠들썩하니 굳이 아빠까지 말을 보탤 생각은 없고, 최근 번역 검토한 소설 내용이 재밌기도 한데 요즘 같은 세상에 시사하는 바도 있어서 그 책에 대해 몇 마디 하려고 해. (몇 마디라고 했지만 몇십 마디가 될지 몇백 마디가 될지는 아직 다 써 보지 않아서 모름.)

　문고본으로 200페이지가 조금 넘는 짧은 장편소설이고 장르는 판타지. 각종 종족들이 대륙의 패권을 차지하기 위해 전투를 벌이고 있는 상황이야. 무협 판타지 계열의 소설에서 흔히 볼 수 있는 설정이지. 이런 세계관 속에서, 평화를 가장 중요하게 생각하여 항상 산속 깊은 곳에 숨어 살며 다른 종족들과의 마찰을 피하려는 엘프족이 있어. 그리고 그중에서도 한 소녀가 이 소설의 주인공이야. 숨어서 지내는 만큼 다른 종족들 눈에 잘 띄지 않던 어느 날, 항상 엘프족에게 정체불명의 피해의식을 느끼던 오크족 과학자가 엘프족 탐색기라는 도구를 발명하고, 마침내 오크족 전사들과 함께 엘프족이 숨어 사는 산속의 성으로 쳐들어가지. 그리고 자신들에게 순순히 항복하고 포로가 되면 전부 살려 주겠지만, 그러지 않고 저항했다간 전멸시키겠다고 협박해. (달랑 줄거리만 요약하려니 소설 곳곳에 숨어 있는 깨알 같은 유머가 담기지 않아서 속상하지만 어쩔 수 없음.)

　그 순간, 그때까지 이야기 전개상 주인공인 듯 주인공이 아닌 듯 행동하던 엘프족 소녀가 마침내 소설 전면에 등장하지. 전면에 등장한다고는 하지만 소녀는 정말 평범하기 그지없는 엘프족 일원 중 한 명일 뿐이야. 엘프족 전사들과 힘을 합쳐 오크족 전사들과 싸울 수 있는 힘도 없고, 『삼국지』의 제갈공명처럼 하늘도 깜짝 놀랄 책략으로 오크족을 무찌를 수 있는 지혜도 없어. 애초에 인원수에서도 차이가 나고 전투 능력에서는 차이가 더 많이 나기 때문에, 단순히 힘을 합쳐 싸운다거나 기발한 책략만으로 오크족을 쓰러뜨리기는 어려운 상황이었어. 그렇다고 오크족의 말대로 항복할 수도 없는 노릇이지. 그랬다가는 엘프족이 어떤 비참한 꼴을 당할지는 불 보듯 뻔한 일이었으니. 이런 절체절명의 순간, 우리의 엘프족 소녀는 마침내 어떤 결단을 내리지. 아주 놀라운 결정이었고, 소녀의 행동으로 인해 엘프족은 오크족의 공격에서 벗어나 원래대로 평화로운 생활을 할 수 있게 되지. (딱히 부연할 말은 없지만 매 문단에 괄호를 쳐서 한마디씩 보탰으니 이번 문단에서도 그렇게 하여 균형을 맞춤.)

이렇게 줄거리만 써 두면 단순히 엘프족 혹은 주인공 소녀의 해피엔딩으로 끝나는 소설이라고 생각할 수 있겠지만, 아니야. 그런 소설이었으면 아빠가 굳이 지민이에게 장문의 메시지를 보낼 이유도 없고, 굳이 출판사에 긍정적인 검토서를 써 보내며 내가 번역하고 싶다는 말을 덧붙이지도 않았을 거야. 이틀 뒤에 인류가 어떻게 될지 확신할 수도 없는 상황에서 말이지. 주인공 소녀의 선택으로 엘프족이 오크족의 위협에서 벗어나 평화를 찾을 수 있었던 건 사실이야. 하지만 정작 주인공 소녀의 삶은 완전히 뒤바뀌지. 이야기의 흐름상 주인공 소녀가 어떤 선택을 할지는 희미하게나마 예측할 수 있었어. 하지만 그 선택이 주인공 소녀의 삶을 어떻게 바꿔 놓을지는 정말 1도 상상할 수 없었어. 사건이 끝난 후 이어질 소녀의 삶은 해피엔딩이라고도 새드엔딩이라고도 할 수 없었거든. ('1도'라는 말이 요즘 학생들 사이에서 유행하는 말이라기에 한번 사용해 봄.)

이야기가 길어졌는데, 드디어 오늘 문자메시지를 보낸 가장 중요한 이유를 말할 차례다. 단도직입적으로 물어보마. 이 소녀는 과연 어떤 행동을 했을까? 도대체 어떤 결심을 하고 어떤 행동을 했길래 엘프족 전체에겐 평화라는 해피엔딩이 찾아왔지만 정작 소녀 본인의 삶에는 해피하다고도 할 수 없고 새드하다고도 할 수 없는 엔딩이 찾아왔을까. 궁금하지 않니? (스포일러 방지 차원이라는 면도 있고, 지민이 네가 직접 소설을 읽었을 때 받을 놀라움을 고스란히 만끽할 수 있도록 결말은 함구함.)

그럼, 오늘 하루 즐겁고 평화롭게 보낼 수 있길. (부디!)

문단 마지막 괄호 속 문장을 매번 음슴체로 끝냈으면서 왜 마지막 문단의 괄호만 부사로 끝낸 거야!라고 딴지를 걸고 싶을 만큼 어이없기도 하고 황당하기도 하지만 한편으론 귀엽기도 한 메시지였다. 아빠는 도대체 어느 시절 유행어를 지금에야 사용하고 있는지 모르겠다. 아빠 주변에 '1도'라는 말을 쓰는 사람이 있나. 그 말을 사용하고 싶어서 대학생 딸에게 시도해 봤다? 그리고 다른 것보다 갑자기 웬 스포일러? 지금으로선 그 소설을 읽을 수 있을지 어떨지도 모르는 상황인데.

아빠가 도대체 무슨 생각으로 이런 메시지를 보냈는지 모르겠다. 줄거리만 보고 내가 이야기의 결말, 주인공 소녀의 결말을 상상할 수 있다고 생각했을까.

아빠에게 전화를 걸어 볼까 하다가 마음을 바꿔 근처 벤치에 앉아 메시지를 다시 읽어 보기로 했다. 어차피 답을 알려 줄 사람이었으면 진작 알려 줬을 것이다. 어렸을 때부터 아빠는 나에게 직접 생각해 보라고 한 일에 대해서는 결코 먼저 해답을 주지 않았다. 내 생각을 정리해서 말하고 나면, 그 이후에야 어떤 식으로든 코멘트를 덧붙여 줬다. 그것이 삶이나 인간관계에 관한 진지한 문제든, 아니면 오늘 이야기처럼 상대적으로 가볍게 보이는 상상이든. 물론 가볍게 보이는 상상이라고는 해도, 현실에서는 일어날 리 없는 판타지 이종족의 이야기가 왠지 지금 내가 살고 있는 세계에 대한 비유처럼 느껴지기도 했다. 이야기 속에 현실 세계의 의문을 해결해 줄 답이 있을 것만 같았다. 그런 생각이 들자 어떤 해답이든 쥐어 보고 싶다는 심정이 되었고, 아빠의 메시지를 독해하듯 살피지 않을 수 없었다.

아빠는 이 이야기가 요즘 같은 세상에 시사하는 바가 있다고 했다. 아빠가 말하는 '요즘 같은 세상'이란 문단의 맥락상 외계 생명체 때문에 어수선한 세상을 의미할 것이다. 그렇게 생각하면 이틀 뒤 외계인이 인류를 멸망시킬지도 모를 현재 상황과, 오크족이 엘프족을 전멸시킨다는 소설 속 상황을 겹쳐서 생각할 수 있다.

그렇다면 과연 아빠가 말하는 '시사하는 바'란 무엇일까. 주인공 엘프족 소녀가 어떤 선택을 했고, 그 행동으로 인해 엘프족이 해피엔딩을 맞이할 수 있었다는 점일까. 만약 내가 소설 속 주인공이라면, 나의 어떤 선택과 행동으로 인해 인류가 해피엔딩을 맞이할 수도 있다는 말을 하고 싶었을까. 정작 주인공 엘프족 소녀 본인은 해피하다고도 새드하다고도 할 수 없는 결말을 맞이한다고 했잖아. 그 결말이 내가 소설을 직접 읽으면 느낄 수 있는 놀라움이라고 했고.

쳐들어온 오크족 병사들을 주인공이 다 물리쳐야 할까. 아니면 혈혈단신으로 오크족 진영에 침투해서 과학자나 적장을 암살한다? 이건 무리야. 주인공 엘프족 소녀는 말 그대로 소녀일 뿐 훈련된 병사가 아니니까. 도대체 어떤 방법이 있을까.

아무튼 이 글의 요지는 힘 없고 어린 소녀가 엘프족 전체를 구해 냈듯, 특별한 능력이 없는 개인이라도 인류를 구할 수 있다는 것일지도 몰라.

나는 벤치에서 일어나 학교 쪽으로 걸으며 해석을 조금 더 구체화해 보았다.

어쩌면 내가 알아야 할 답은 주인공 소녀가 어떤 선택을 했고 어떤 행동을 했는지 맞히는 게 아닐지도 몰라. 이 이야기에서 중요한 건 주인공 소녀가 자기 스스로 무언가를 행했다는 점 바로 그 자체야.

그래, 여기서 중요한 건, 힘 없고 나이 어린 소녀가 불가능해 보이는 무언가를 해냈다는 점이야. 그리고 그것이 아주 값진 성과를 이뤄 냈다는 점이야.

물론 자신의 선택과 행동으로 인해 본인의 삶은 해피하다고도 새드하다고도 할 수 없는 상황에 놓이긴 하지만. 근데 인생이란 게 그런 나날의 연속 아닌가? 그건 중요하지 않은 문제인 것 같아.

아직 D-2

약속 시간보다 20분쯤 일찍 체육관에 도착했더니 이미 건물 밖에서부터 탁구공이 탁구대에 부딪쳐 톡 탁 톡 탁 하는 소리가 들렸다. 항상 약속 시간보다 일찍 와서 탁구를 치고 있는 사람이라면, 그리고 이 정도로 경쾌하게 드라이브를 주고받을 수 있는 사람이라면 내가 아는 한 딱 두 명밖에 없다.

체육관 안에 들어가 보니 아니나 다를까 올해 대학원에 입학한 스웨덴 출신 에바 한손과 동기 문호영이 탁구를 치고 있었다.

올해 3월, 에바 한손이 동아리에 가입하고 싶다며 어깨까지 내려오는 금발을 휘날리며 동아리 방에 찾아왔을 때, 당시 그곳에 있던 나와 문호영, 그리고 잠깐 놀러온 4학년 선배 언니는 그녀의 등장을 무척이나 반겼다.

하지만 에바가 가입 신청서를 쓸 무렵 상황이 조금 곤란해지고 말았다.

"저기, 잠깐만. 대학원생이세요?" 옆에 있던 선배 언니가 물었다.

"네, 올해 입학했습니다."

"근데 저희가 대학원생은 가입하기가 좀……."

"대학원생은 할 수 없습니까?"

"저희가 학부생 중심으로 운영하는 동아리라서요."

"학부생?"

"네, 대학원생 말고, 그 밑에, 대학생들."

그러자 에바는 에코백에 넣어 둔 펜홀더 라켓을 꺼내더니 "저 탁구 칠 줄 알아요."라고 말했다. 나와 문호영은 에바의 펜홀더 라켓을 보자마자 눈을 반짝이며 서로를 바라보았다.

"탁구 칠 줄 아는 게 문제가 아니라……."

"누나, 대학원생이지만 외국인 유학생이니까 괜찮지 않을까요?" 문호영이 말했다.

"대학원생이 가입한 전례가 없을 텐데."

"언니, 안 그래도 신입생이 부족한 상황인데 한 명이라도 더 있는 편이 좋을 것 같은데요." 내가 말했다.

"그렇긴 한데…… 음, 이건 지금 우리끼리 결정할 문제가 아닌 것 같아. 너희 임원단이랑 선배 오빠들이랑 회의를 해 보는 게 좋지 않을까. 동아리 회칙도 좀 살펴보고."

"그러는 편이 좋겠네요. 정 안 되면 특별 회원이나 그런 방식으로 같이해도 좋을 텐데. 요즘 보기 드문 펜홀더 유저이기도 하고."

문호영이 혼잣말하듯 말했다.

당시 우리 동아리 재학생 멤버 열네 명 중 펜홀더 라켓을 사용하는 사람은 대학교 입학 전부터 탁구를 쳤던 나와 문호영 둘뿐이었다. 어느 시기부터 올림픽에서 활약하는 선수들 대부분이 셰이크핸드 라켓을 선호하다 보니 탁구를 배우려는 사람들도 거기에 영향을 받았고, 동아리에서도 신입생들이 들어오면 대개 셰이크핸드 라켓으로 탁구를 가르쳤다. 몇 년 전까지만 해도 펜홀더 라켓을 사용하는 선배들이 있다는 이야기를 들었지만, 시간이 흐르며 그들이 졸업하자 나와 문호영 둘만 남은 것이다.

나는 동아리방이 있는 건물 바깥까지 나와서 에바를 배웅해 주며 그녀와 연락처를 교환했다. 혹시 가입이 안 되면 개인적으로라도 연락하며 탁구를 치기 위해서였다. 우리 또래 펜홀더 유저도 드물거니와 여성 펜홀더 유저는 더더욱 드물었던 것이다.

그날 오후 곧바로 임원단과 선배 몇 명이 모여 에바 한손을 동아리에 들여도 될지 회의를 했고, 대학원생이지만 외국인 유학생이라 한국의 선후배 문화에서 자유롭다는 점, 탁구를 가르치지 않아도 되고 무엇보다 희소한 펜홀더 유저라는 점을 들어 특별 케이스로 동아리 가입을 승인했다. 매년 동아리에 가입하는 신입생 수가 줄어들고 있는 만큼 동아리 존속을 위해서도 앞으로 유사한 사례가 발생할 경우 그때그때 임원단 회의를 통해 융통성 있게 가입 여부를 결정하기로 했다.

에바 한손의 가입 기수는 대학교 신입생과 같은 31기였다. 하지만 아무도 에바를 언니나 누나라고 부르지 않았고, 에바 역시 선배들을 언니나 오빠라고 부르지 않았다.

"에바, 빨리 왔네! 호영이 너도!"

내 말에 서브를 넣으려던 호영과 서브를 받으려던 에바가 동시에 내 쪽으로 고개를 돌렸다.

"오, 지민 안녕!" 에바가 말했다

"너도 웬일로 지각 안 했네." 호영이 말했다.

"내가 언제 지각한 적 있어? 네가 매번 빨리 왔었지." 그렇게 말하고 주변을 둘러보며 한마디 덧붙였다. "근데 아직 아무도 안 왔나 보네?"

"보통 약속 시간 10분 전부터 오기 시작하니까." 호영이 답했다.

"너희들은 몇 시에 왔어? 벌써 제법 친 것 같은데?"

"9시에 학생회관에서 체육관 열쇠 받아 와서 계속 치고 있어." 에바가 말했다.

"에바가 미리 와서 탁구 치자고 하길래 그러자고 했지." 호영이 말했다.

나는 호영이 에바에게 호감이 있다는 사실을 알고 있고, 에바 역시 호영에게 친구 이상의 감정이 있다는 사실을 눈치채고 있다. 하지만 둘 다 섣불리 자신의 감정을 고백하기 어려운 입장이라는 점도 잘 알고 있다.

에바 한손은 원래 수학과로 유명한 다른 대학교 대학원에 가고 싶었으나, 우리 학교 수학과에 전액 장학금 제도가 있다는 사실을 알고 마음을 바꿔 우리 학교에 입학한 케이스다. 당장은 금전적인 이유로 우리 학교에 왔지만 박사 과정은 다른 학교에서 할 수도 있고, 어쨌거나 지금으로선 논문 통과를 위해 학업에 매진해야 하는 상황. 더군다나 외국인 유학생이라는 입장까지 있으니 에바가 섣불리 고백하지 못하는 이유는 어느 정도 예상할 수 있는 바다.

한편 호영에겐 대부분 한국 남성이라면 피할 수 없는 군입대 문제가 고백하려는 마음을 가로막고 있다. 이번 학기를 마지막으로 휴학을 결정했고, 아직 입대일이 정해지진 않았지만 입대 시점부터 1년 반 동안 군인이라는 신분으로 살아야한다. 그런 상황에서 누군가에게, 더욱이 한국의 군대 문화에 친숙하지 않은 외국인 유학생에게 고백하기란 어려운 일일 것이다.

더불어 호영은, 이건 순전히 내 짐작이지만, 신입생 때 나에게 고백했던 기억을 안고 있고, 이 기억 역시 호영의 발목을 붙들고 있는 것처럼 보인다. 내 감정이나 나와의 관계는 신경 쓰지 않아도 될 텐데. 그때는 그때의 감정이 있었고 지금은 지금의 감정이 있으니까. 계속 유지된다고 그때의 감정이 진실한 감정이라고만 할 수도 없고, 이전과 달라졌다고 해서 그 당시의 감정이 금세 사라진 가벼운 감정이라고 치부할 수도 없지 않은가. 그렇다고 내가 먼저 나서서 우리는 그때 이후 계속 친구로 잘 지내고 있으니 과거의 고백에 사로잡혀 있을 필요는 없다고 호영에게 말하는 것도 이상한 일이다. 앞서도 말했듯 이것은 명확하게 말로 설명하기 어려운 미묘한 감정의 영역이고, 지극히 개인적인 추측이기 때문이다.

나는 한쪽 벤치에 앉아 그들이 규칙적인 리듬으로 드라이브를 주고받는 모습을 보았다. 탁구채에 맞은 탁구공이 살짝 회전이 걸린 채 탁구대에서 튕겨 오르고 있었다. 조금씩 방향이 어긋날 때도 있지만 둘은 큰 어려움 없이 탁구공을 받아냈다. 문득 이런 생각이 들었다. 우리의 마음도 저 탁구공처럼 선명하게 볼 수 있고 정확하게 주고받을 수 있다면 얼마나 좋을까.

잠시 후 동아리 사람들이 속속 몰려들었고, 각자 탁구대에서 드라이브를 주고받으며 몸을 풀었다. 곧이어 재학생 열일곱 명과 휴학생 다섯 명이 참가하는 동아리 탁구 대회 및 종강 술 파티가 시작됐다. 매년 동아리에서 진행하는 행사 중 가장 큰 행사이기는 하지만 이렇게 많은 사람이 한 번에 모인 건 내가 입학한 이후엔 처음이었다. 이렇게 높은 참여율을 보인 이유는, 다들 아무렇지도 않은 척하고 있지만 역시 외계인 사태 때문일 것이다.

10시 30분쯤, 토너먼트 투표를 한 뒤 본격적인 탁구 대회가 시작되었다.

나는 서희 대신 서희의 대진표를 뽑았는데 다행히 서희는 자신의 경기가 막 치러지려는 시점에 맞춰 헐레벌떡 뛰어왔다. 뛰어온 것이 안타깝게도 서희는 의외의 복병인 신입생에게 0대 2로 완패했고, 나는 두 번째 예선에서 서희를 꺾고 올라온 신입생 복병을 접전 끝에 2대 1로 이겨 8강에 올랐다. 신입생이 대학에 갓 입학했을 때만 해도 분명 탁구공을 맞추는 데 급급했는데, 걸핏하면 24시간 무인 탁구장에서 연습하더니 두 학기가 지나는 동안 실력이 몰라보게 향상된 것이다.

어떤 분야든 최고이자 최선의 학습 방법은 연습하고 반복하는 일이리라.

한편 에바는 예선전에서 휴학생 선배와 만나 접전 끝에 2대 1로 승리를 거뒀으나 이어진 두 번째 예선에선 호영과 만나 0대 2로 완패했다. 드라이브를 주고받는 모습만 보면 실력 차이가 크게 눈에 띄지 않았으나 역시 실전은 다르다. 그나저나 호영이 이 녀석, 좋아하는 마음은 좋아하는 마음이고 승부는 승부라 이거냐. 매정한 인간 같으니라고.

왠지 모르게 에바의 복수를 해 주고 싶다는 마음이 들었지만 대진표를 봤을 때 준결승에 오르지 않는 한 호영과 만날 수는 없었다. 물론 호영과 맞붙는다 한들 내가 이길 확률은 낮다. 지금까지의 전적만 따지고 보면 승률이 5퍼센트도 채 되지 않을 테니까. 더군다나 준결승에 갈 수 있는 확률도 낮은 편이다. 그래, 인정할 건 인정하자. 준결승까지 어렵지 않게 올라갈 정도의 실력을 갖춘 호영과 비교하면 내 실력은 한 수 아래다. 운이 좋으면 준결승까지는 갈 수 있겠지만, 그것도 운이 정말 좋아야 한다. 더욱이 이번 대회에는 한 번도 겨뤄 본 적 없는 휴학생 선배들도 포함돼 있으니 준결승을 노리기란 어려운 일일 것이다.

그렇게 생각하고 있었는데 어떻게 된 노릇인지 8강전에서 맞붙게 된 휴학생 선배가 피치 못할 사정이 생겼다며 갑작스

레 자리를 비우게 됐고, 나는 부전승으로 준결승에 오르게
됐다. 여느 때였다면 복권에라도 당첨된 것처럼 호들갑을 떨
었겠지만, 디데이까지 이틀밖에 남지 않은 지금, 이보다 더 큰
행운이 오더라도 담담히 받아들일 수 있을 것 같았다.

그리하여 펼쳐진 문호영과의 한판 승부. 동아리원들은 내
가 준결승에 오르자 최지민 너에게도 기적이 일어날지 모르
니 기왕 올라온 만큼 최선을 다해 보라고 말했지만 나는 이
미 알고 있다. 기말고사 기간부터 약 2주 이상 탁구 연습을
전혀 하지 못한 나와, 심지어 기말고사 기간에도 틈틈이 탁
구채를 휘두른 문호영은 애초에 게임 상대가 되지 않는다는
사실을. 정신 자세부터 달랐던 것이다. 그나마 2세트에서 호
영의 서브 미스가 몇 차례 발생하며 10대 8까지 쫓아간 것이
최선이었다. 결국 별다른 반전 없이 세트스코어 0대 2로 나의
패배.

문호영이 기말고사 기간까지 탁구 연습을 게을리하지 않
은 이유는 우리 동아리의 에이스이자 명실상부 최고 실력자
송재영 오빠를 이기기 위해서였다. 호영은 입대하기 전까지
재영 오빠를 한 번이라도 이겨 봤으면 좋겠다고 말하곤 했다.
재영 오빠는 현재 3학년이고, 휴학하지 않는 이상 내년에 4학
년을 보내고 졸업할 것이다. 취업 준비를 해야 하는 상황에서
탁구 연습에 얼마나 시간을 낼 수 있을까. 한편 호영은 내년

12월에 휴가를 잘 맞춰 나와 다시 한번 탁구 대회에 참여한다고 한들 군인 신분으로 꾸준히 탁구 연습을 하기는 어려울 것이고 제 실력이 나올 리도 없으리라. 그러므로 올해가 호영과 재영 오빠 둘 다 최고 컨디션으로 맞붙을 수 있는 사실상 마지막 경기다.

그리고 마침내 성사된 문호영과 송재영의 결승 매치. 탁구대 맞은편에 서 있는 재영 오빠를 쳐다보는 호영의 눈빛을 보니 호영이 어째서 에바마저 2대 0으로 빠르게 경기를 끝내야 했는지 알 것 같기도 했다. 호영은 결승전을 위해 최대한 체력을 아껴 두고 싶었던 것이다. 평소 다른 일에는 승부욕 따위 방구석 먼지처럼 신경도 쓰지 않으면서, 탁구만 쳤다 하면 승부욕의 화신이라도 된 듯 어찌나 불타오르는지.

두 세트를 따내면 승리하는 기존 토너먼트 경기 때와 달리, 결승에선 세 세트를 이겨야 승리하는 방식이었다. 1세트는 의외로 문호영이 손쉽게 이겼다. 준결승에서 휴학생 선배와 듀스까지 몇 차례 진행하며 어렵게 이기고 올라온 탓인지 아니면 호영의 초반 기세가 좋았던 탓인지 재영 오빠는 1세트에선 영 힘을 발휘하지 못한 채 7대 11로 패배했다. 하지만 이어지는 2세트에선 평소 컨디션을 되찾았는지 이대로는 탁구 동아리의 왕좌를 뺏길지도 모른다고 각성했는지 11대 5로 낙승했고, 그 기세를 이어 3세트마저 11대 8로 이겨 과연 동아리 최고 실력자의 면모를 뽐냈다. 세트 스코어 1대 2로 뒤처진 호영은 4세트 접어들어 이것이 정말 마지막일지도 모른다는 간절한 마음으로 승부에 임했고, 그 간절함이 통했는지 몇 차례나 듀스를 반복하는 접전 끝에 16대 14로 짜릿한 승리를 거두었다. 세트 스코어 2대 2까지 가는 과연 결승전다운 명승부. 송재영은 작년에 이어 2년 연속으로 동아리 왕좌를 차지할 수 있을 것인가. 아니면 신흥 강자 문호영이 새로운 왕좌를 차지할 것인가.

하지만 나는 이들의 승부가 어떻게 끝났는지 지켜볼 수 없었다. 하나의 왕좌를 두고 송재영과 문호영의 운명을 결정지을 5세트가 시작되려는 순간, 형사 두 명이 체육관에 등장했기 때문이다. 두 명이 콤비를 이루어 나타난 것만으로도 우리는 그들이 형사라는 사실을 직감했다. 그 정도로 그들은 형사 특유의 아우라를 내뿜고 있었다.

형사들은 우리 쪽을 둘러보더니 혹시 최지민 씨 있느냐고 물었고, 동아리 사람들은 영문을 모르겠다는 표정으로 고개를 두리번거리다가 내가 있는 곳을 바라보았으며, 스무 명 남짓한 사람들의 시선을 받은 나는 살짝 손을 들며 "제가 최지민인데요."라고 말할 수밖에 없었다. 그러자 둘은 내 쪽으로 천천히 다가오더니 따로 해야 할 이야기가 있다며 잠시 시간을 내줄 수 있겠냐고 말했다.

다들 웅성웅성하며 무슨 일이야 형사가 여기 왜 왔어 지민이를 왜 찾아, 라고 수근거리는 와중에 서희와 에바가 내 쪽으로 다가와 내 팔을 잡거나 어깨에 손을 올렸고, 방금까지 탁구대 앞에 있던 호영 역시 내 맞은편에 서더니 무슨 일이냐고 물었다.

나는 두근거리는 가슴을 진정시키며 형사가 찾아올 만한 일을 저질렀는지 요 며칠 있었던 일을 빠르게 훑어보았지만 빨간 신호등에서 길을 건넌다든지 건널목이 없는 2차선 도로에서 무단횡단을 하는 정도의 가벼운 범법 행위 말고는 없었기에 설마 이 정도 일로 형사가 직접 찾아오는 일은 없으리라 판단하고 고개를 가로저으며 영문을 알 수 없다는 표정을 지었고, 호영은 형사들을 향해 혹시 무슨 일 때문에 오셨는지 알 수 있느냐고 물었다.

형사는 지금 조사 중인 사건이기 때문에 구체적으로 말할 수는 없지만 그저 참고인으로서 최지민 씨에게 물어보고 싶은 게 있을 뿐이니 걱정할 필요는 없다고 했다. 유튜브인지 어딘가에서 참고인이 간혹 피의자가 되는 경우도 있다는 영상을 본 기억이 떠올랐지만 일단 나는 형사들이 있는 곳으로 다가갔고, 그들은 이야기가 길어질지도 모르니 가지고 온 짐이 있으면 들고 가는 편이 좋겠다고 말했다.

나는 동아리원들이 내 일거수일투족을 하나하나 지켜보고 있다는 사실을 의식하면서 터벅터벅 걸어 벤치에 올려 둔 탁구채를 집어 들었고, 다시 형사들 쪽으로 돌아가 그들과 함께 체육관을 빠져나왔다.

그때까지만 해도 어리둥절한 채 있던 나는, 그들이 자신의 공무원증을 보여 주며 소속과 직위를 밝힌 후 이야기가 길어질지도 모르니 경찰서에서 이야기하는 편이 좋겠다는 말을 듣고 나서야 겨우 정신을 바로잡고, 도대체 무슨 일 때문에 동행하자고 하는지 물었다.

그러자 그들의 입에서, 완전히 예상 밖이라고는 할 수 없지만 그렇다고 예상 가능한 범위라고도 할 수 없는 이름이 튀어나왔다.

"연호수 씨, 아시죠?"

연호수? 내가 아는 그 연호수?

"네, 알죠. 연호수……한테 무슨 일 있나요?"

그리고 내 질문에 이어진 그들의 답변은 완전히 예상을 벗어난 터무니없는 이야기였다.

"연호수 씨가 사망했습니다."

"사망했다고요? 연호수가? 언제요? 이렇게 갑자기?"

"약 한 달 전에 사망했다고 추정하고 있습니다."

그 이야기를 듣는 순간 걸음을 멈추고 멍하니 서 있을 수밖에 없었다. 사망했다는 소식 자체도 놀라운데, 그것이 이미 한 달 전에 벌어진 일이라는 이야기를 들은 것이다. 그와 동시에 강렬한 위화감이 느껴졌다. 그럴 수밖에 없었다.

분명 어젯밤에도 나에게 문자메시지를 남기고 그 전날 밤에도 한 시간 이상 전화 통화를 했잖아. 연호수는 여전히 잘 살아 있잖아. 이 사람들 뭔가 착각하고 있는 게 아닐까. 아니면 내가 알고 있는 연호수와 다른, 동명이인인 연호수의 이야기를 하고 있는 게 아닐까. 하지만 연호수라는 이름 자체도 흔한 이름이 아닌 데다, 내가 알고 있는 연호수라면 다른 사람과 헷갈릴 리도 없다.

몇 걸음 앞서가던 형사들은 내가 우뚝 멈춰 서자 몇 걸음 앞선 채로 같이 멈춰 섰다. 그들 중 한 명이 말했다.

"사실 참고인 조사는 응하지 않을 자유가 있고, 응하지 않는다고 해서 불이익이 있는 것도 아닙니다. 저희 쪽에서 도움을 요청하는 일이니까요. 경찰이 이렇게 직접 참고인에게 찾아오는 일도 극히 드문 일입니다."

그 말을 받아 다른 형사가 계속 이야기했다.

"연호수 씨 사망 사건의 경우, 이게 도대체 과학적으로도 논리적으로도 말이 안 되는 일이 일어났단 말이죠. 사망 이후 최근 한 달 동안 연호수 씨의 휴대전화 그 어디에도 통화를 했다거나 문자메시지를 보낸 흔적은 없었습니다. 당연하죠. 휴대전화는 계속 연호수 씨의 원룸에 있었고, 배터리는 이미 방전된 상태. 사망한 사람이 핸드폰을 충전하거나 사용할 리는 없으니까. 핸드폰을 확인해 보니 있어야 할 기록들이 다 삭제된 상태이기도 했고 말입니다."

형사 둘은 누가 콤비 아니랄까 봐 탁구 복식 멤버가 번갈아 가며 탁구를 치듯 교대로 나에게 이야기를 건넸다.

"하지만 기이하게도, 정말 이해하기 어렵게도, 통신사 통화 내역에는 기록이 남아 있었습니다. 그리고 그 상대방이 최지민 씨고요. 앞서도 말씀드렸지만, 최지민 씨가 지금 당장 참고인 조사에 응하지 않는다고 해도 상관은 없습니다. 참고인의 자유니까요."

"그래서 협조를 부탁드리러 직접 찾아왔습니다. 저희는 이 사건이 심상치 않은 문제로 확산될 가능성을 염두에 두고 있고, 조기에 그 싹을 차단하려 하고 있습니다. 지금으로선 연호수 씨 사칭범으로 추정되는 사람이 어떤 방법으로 연호수 씨의 번호만 훔쳐 내 최지민 씨와 연락을 취할 수 있었는지, 그 사람이 무엇을 원하는지 알아내야 합니다."

"일단 연호수 씨 가족에게 부탁해 연호수 씨의 휴대전화 번호는 당분간 살려 두기로 했습니다. 이 핸드폰이 이번 사건의 핵심 열쇠일지도 모르겠다고 판단했기 때문입니다. 그렇지만 하루, 이틀, 일주일, 이주일, 시간이 흘렀음에도 도통 단서라고 할 만한 것을 찾아낼 수 없었고, 사건은 오리무중에 빠진 것만 같았습니다."

"그러던 중 마침내, 도대체 누구인지 짐작도 할 수 없는 누군가가, 어떤 방법을 사용했는지 도무지 가늠할 수도 없는 방법을 통해, 통신사 쪽 엔지니어들도 영문을 알 수 없다고 말할 정도로 놀라운 기술을 통해, 어제, 그리고 엊그제, 연호수 씨의 번호를 이용해 최지민 씨에게 연락했다는 사실을 확인할 수 있었습니다. 통신사의 기록 조회를 통해 말이죠."

"그렇기 때문에 최지민 씨의 협조가 필요한 상황입니다. 이 말을 전하기 위해 최지민 씨를 찾아오게 됐습니다. 전화 상대방이 누구고 두 분이 어떤 이야기를 나눴는지 알려 주신다면, 용의자를 검거하는 데 큰 도움이 되리라 생각합니다."

형사 두 명이 번갈아 가며 하는 이야기에 머릿속이 과부하되는 듯한 느낌이 들었지만, 한순간 정점을 찍고 나서는 사방팔방 혼란스럽게 날뛰던 생각의 조각들이 천천히 가라앉기 시작했다. 어쩐지 아귀가 맞는다는 느낌마저 들었다.

나에게 벌어진 일은 크게 두 가지 가능성을 두고 접근할 수 있었다.

우선, 연호수를 사칭한 남자가 나에게 접근했을 가능성. 하지만 이 가능성을 떠올리자마자 의문도 함께 떠올랐다. 나한테 왜? 유명 연예인도 아니고 인플루언서도 아니고 돈이 많은 것도 아닌 나에게 굳이 왜? 연호수를 사칭할 수 있을 정도로 그에 대해 자료를 수집하고 성대모사까지 연습해서 나에게 접근했다면 분명 강력한 동기와 원하는 목적이 있었을 것이다. 그렇지만 헤어진 지 1년이 다 돼 가는 전 여자 친구이자 평범하기 짝이 없는 대학생인 나에게 그렇게까지 공을 들여 가며 접근할 동기나 목적이 대체 어디에 있을까. 만에 하나 내가 상상도 하지 못할 어떤 이유가 있었다고 한들, 그 사람은 어떻게 연호수의 번호를 이용해서 나에게 연락할 수 있단 말인가. 형사들의 말을 들어 보면 현재 과학기술로는 하나의 번호를 동시에 두 대의 휴대전화가 사용하기란 불가능했다.

두 번째 가능성은 내가 들었던 연호수의 말이 사실인 경우. 그러니까 멀티버스 세계로 넘어간 연호수가, 현재 우리 과학기술로는 밝혀내기 어려운 통신 기술을 이용해 그쪽 세계에서 직접 나에게 연락을 해 온 것이다.

두 가지 가능성 중 내 심증과 추측과 논리를 바탕으로 따져 보면 두 번째 가능성이 사실일 확률이 조금 높다. 그리고 가능성이 높다고 판단한 순간, 곤란한 점이 함께 떠올랐다. 과연 형사들이 내가 겪은 이야기들을 곧이곧대로 믿어 줄까? 멀티버스라는 둥, 과도하게 뒤얽힌 네트워크라는 둥, 그쪽 세계로 넘어가야 한다는 둥, 외계인이 인류를 멸망시킨다는 둥. 직접 겪은 나 스스로도 믿기 어려운 이 일들을 만에 하나 그들이 믿어 준다고 한들, 그들이 연호수를 체포할 수 있을까? 게다가 정황상 이곳 세계의 연호수는 살해당한 것이 아니다. 스스로 죽었을 가능성이 높다. 조사가 가능하든 가능하지 않든 시간이 걸릴 테고, 아니 잠깐, 지금 이틀 뒤에 인류가 어떻게 될지도 모르는 상황 아닌가?

"저기 죄송한데……."

"이제 마음을 정하셨습니까?"

"그게 아니라, 며칠 전에 외계 생명체들의 영상이 유튜브에 올라왔잖아요? 일주일 뒤 극히 소수의 사람만 남겨 둔 채 인류를 멸망시키겠다는 내용의 영상. 두 분도 당연히 아실 텐데, 경찰 측에서는 그 영상의 진위 여부에 대해 어떻게 파악하고 계신지 궁금해서……."

"그 영상의 진위 여부를 판가름하는 일은 경찰 소관이 아니고, 만에 하나 그 영상이 사실이라고 한들 저희가 할 수 있는 일은 없습니다. 저희가 할 수 있는 일이란, 그리고 해야 할 일이란, 접수된 사건을 하나하나 해결하는 것뿐이죠. 이렇게 최지민 씨를 찾아온 이유도 저희가 해야 할 일 중 하나이기 때문이고요."

형사의 이야기를 듣는 순간 과거의 내 모습이 떠올랐다. 나도 처음엔 이 사람들과 똑같이 생각했어. 외계 생명체의 말이 진짜건 가짜건 특별히 내가 할 수 있는 일은 없다. 그저 어제처럼 그제처럼 오늘 하루를 열심히 살아가는 것 말고는.

하지만 정말 그럴까. 내가 할 수 있는 일이 달리 있지 않을까. 엊저녁에 만난 오가와 루리코는 그럼에도 우리가 할 수 있는 일이 있지 않을까 고민하고 있었고, 심지어 외계 생명체를 상대로 내가 할 수 있는 일이 무엇인지 스스로 발견할 수 있을 거라고 말했어. 나에게 예언 같은 주문을 걸었어. 기도인 듯, 소망인 듯.

또 오늘 오전에는 아빠가 장문의 문자메시지를 보내 소설 이야기를 해 줬어. 오크족으로부터 엘프족을 구해 낸 주인공 소녀의 이야기. 아무런 힘 없는 주인공 소녀가 엘프족을 구해 낼 수 있다면, 나 역시 외계 생명체로부터 인류를 구해 낼 수 있는 주인공이 될 수 있지 않을까. 마치 그렇게 말하고 있는 듯한 아빠의 문자메시지.

만약 어제 루리코와의 우연한 만남이 실은 우연이 아니었다면. 눈에 보이지 않는 맥락과 필연으로 인해 만나게 되었다면. 그리하여 오늘 오전에 받은 아빠의 메시지 내용을 자연스럽게 받아들이고 나름대로 해석을 내리게 되었다면. 거창하게 인류를 위해서, 라고까지는 말할 수 없겠지만, 어쨌거나 한 명의 인간으로서 내가 할 수 있는 일이 어디엔가 분명히 존재한다면.

오늘 아침엔 조만간 변화할 내 마음을 읽기라도 한 듯, 혹은 앞으로 일어날 내 미래의 일을 점지해 주기라도 하듯, 유튜브 알고리즘이 나에게 김연아의 영상을 띄워 줬어. 나는 홀린 듯 그 영상을 클릭했고, 퀸의 전언처럼, 영상 속에서 김연아는 이렇게 말하고 있었어.

기적을 일으키는 것은 신의 의지가 아니라, 자신의 의지라고. 나의 의지라고.

그 순간 팔뚝에 오도도도 소름이 돋았다. 마치 내가 슈퍼히어로물 이야기의 주인공이 된 것처럼 느껴졌기 때문이다. 그들은 자신이 인류를 구할 영웅이라는 사실을 언제쯤 깨달았을까. 결정적인 사건이 발생하기 한 달 전? 아니면 일주일 전? 나는 이틀 전에 깨달았는데. 내가 좀 더 극적인 상황 아닌가.

아직 뭘 해야 할지도 아무것도 모르면서 뭐래…….

내가 입을 떼기만을 기다리고 있던 형사들을 바라보며 말을 꺼냈다.

"솔직히 말씀드리면, 너무 갑작스러운 이야기라서 마음도 진정이 안 되고 머리도 혼란스러워서요. 죄송한 말씀이지만, 촌각을 다투는 문제라는 건 알겠지만, 잠시 생각을 정리할 수 있는 시간을 갖고 싶은데, 괜찮을까요?"

"저희가 직접 찾아온 만큼 지금 같이 갈 수 있으면 좋겠지만, 앞서도 말씀드렸듯이 강제할 수는 없는 일이니…… 시간을 얼마나 드리면 될까요?"

"하루나 이틀 정도."

"하루나 이틀이라……. 알겠습니다. 생각해 보시고 마음이 정리되면 꼭 여기로 연락 주세요."

형사 중 한 명이 자신의 지갑에서 명함을 꺼내 내게 건넸다.

"이해해 주셔서 고맙습니다."

"아닙니다. 어쩔 수 없는 일이니까요."

"그리고 괜찮으시다면 연호수의, 저기, 그……."

"연호수 씨의……?"

"어디에 묻혔는지, 아니면 화장을 했는지……."

"봉안당 말씀이시군요. 주소 알려 드릴게요."

"고맙습니다."

"아닙니다. 저희도 정신이 없었네요, 미리 말씀드렸어야 하는데. 부검을 통해 사망 시기를 한 달 전이라 추정하긴 했지만, 시신을 발견한 것도 최근 일이고 장례식도 엊그제 끝났습니다. 일단 아사로 사망했단 결과가 나왔는데요."

"아사……라고요?"

"네, 굶어서 죽는다는 의미. 어쨌거나 사실상 자살이라고 할 수 있는데, 이걸 정말 자살로 봐도 되는지, 타살일 가능성은 정말 없는지, 의문스러운 점이 한두 가지가 아니에요. 연호수 씨 휴대전화가 완전히 포맷되어 있다는 점도 그렇고. 그래서 아마 주변 친구나 지인들에게는 장례 일정에 대한 연락이 가지 않은 것 같습니다. 저희도 따로 통신사 쪽에 급하게 협조를 구해서 최지민 씨의 연락처 및 현재 위치를 파악할 수 있었고요. 봉안당 주소 보냈습니다."

"고맙습니다. 그리고 연호수…… 저희 탁구 동아리 멤버였거든요. 지금 체육관에 있는 사람들과도 다 친분이 있고. 조금 늦긴 했지만 지금이라도 다 같이 봉안당에 가 보는 게 좋을 것 같다는 생각이 드네요."

"그랬군요. 그럼 죄송하지만, 오늘 말씀드린 부분 중 지금 조사 중인 사항은 빼고 전해 주시면 좋을 것 같습니다."

"구체적으로 어떤 부분?"

"연호수 씨 사망 사건 관련해서 참고할 게 있어서 찾아왔는데, 자세한 사항은 알려 주지 않았고 봉안당 주소 정도만 확인했다고 하는 편이 좋겠습니다. 사망했다는 사실과, 봉안당 주소. 이거 두 개 정도는 괜찮을 것 같습니다."

"알겠습니다."

"그럼 조만간 꼭 다시 연락 주시길 부탁드립니다."

형사들이 탄 승용차가 멀어지는 것을 확인한 후 곧바로 캠퍼스 내에서 서행하고 있던 택시를 잡아 연호수의 봉안당으로 향했다.

택시 뒷좌석에 앉아 멍하니 창밖을 바라보다 문득 이런 기분이 들었다. 불과 20여 분 동안 너무 기막힌 소식을 전해 들은 탓에 그 이야기들이 머릿속에서만 맴돈 채 감정으로까지는 가닿지 않은 듯한 기분. 그래서 형사들과 호수의 죽음에 대한 이야기를 나눌 때에도, 그 호수가 작년까지만 해도 나에게 아주 각별했던 사람이었음에도, 물론 이별하고 연락이 끊긴 지 시간이 제법 지났다고는 하지만, 마치 잘 모르는 어떤 사람에 대해 이야기하는 듯 건조하고 무심하게 말할 수 있었던 것 같다.

나는 시시각각으로 변하는 차창 밖 풍경만을 바라보며 가능하면 아무 생각도 하지 않으려 했다. 호수에 대해서라면 더더욱 아무것도 생각하지 않으려 했다. 그냥 봉안당에 가는 것뿐이다. 그냥 봉안당에 가는 것뿐이다.

하지만 어느 순간부터, 창밖의 맑고 쨍한 하늘을 보고 있을 뿐이었음에도, 거리를 거니는 사람들이나 도로를 달리는 차들을 보고 있을 뿐이었음에도, 심지어 눈을 감고 있을 때조차, 어쩌면 눈을 감고 있었기 때문에 더욱, 호수가 웃던 모습이 떠올랐고 호수가 탁구 칠 때의 눈빛이 떠올랐고 호수가 다정하게 내 이름을 불러 주던 목소리가 떠올랐다.

헤어진 지 10개월이나 지났지만 호수의 그런 모습들은 마음속 어딘가에서 단단하게 자리 잡고 있다가 내 의식의 검열을 거치지 않은 채 부지불식간에 떠올랐다. 그리고 한 번 떠오른 그런 이미지들은 약간의 이야기가 덧대어지며 조금 더 구체적으로 변했다.

왜 이런 아무래도 상관없는 모습이 떠오를까.

대학교 축제 기간, 동아리 사람들과 함께 야외 벤치에 둘러앉아 따스한 봄바람을 맞으며 편의점에서 사 온 캔맥주와 푸드트럭에서 사 온 닭강정과 다코야끼와 회오리감자를 먹다가 호수가 갑자기 화장실에 다녀오겠다며 자리에서 일어나더니 잔디 밟아 시기를 맞아 사람들의 출입을 금지시키고자 쳐둔 선을 성큼 넘어 잔디밭을 가로질러 가던 모습 같은 것.

왜 갑자기 이 모습이 떠오를까.

호수, 호영, 서희와 함께 학교 앞 24시간 무인 탁구장에 갔다가 서희와 내가 잠시 탁구장 한쪽 끝에 있는 정수기의 물을 먹고 돌아왔을 때, 뭐가 그리 재미있는지 한 손은 탁구대에 두고 다른 한 손은 배꼽을 잡은 채 몸을 수그리고 깔깔대며 웃고 있던 호수의 모습. 맞은편에 있던 호영은 나를 보더니 어깨를 으쓱하고는 자기도 영문을 모르겠다는 표정을 지었는데, 나 역시 그저 즐겁게 탁구 치고 있구나 빙긋 웃으며 바라볼 뿐이었는데, 당시 호수는 도대체 뭐 때문에 그렇게 몸을 가누기 힘들 만큼 웃음이 터졌던 걸까. 이제는 물어보고 싶어도 물어볼 수 없는 질문.

이런 기억도 떠올라.

베트남 다낭 국제공항에 도착한 늦은 밤, 택시 가격을 협상하고 숙소까지 무사히 도착했으나 도착지에서 택시 기사가 자꾸만 가격을 올려 받으려 하자 버럭 화를 내며 단호하게 말하고 내리던 호수의 모습. 그날 밤 나란히 침대에 누워 아까 자신이 택시 기사에게 했던 언행을 되돌아보며, 어쩌면 그때 화가 났던 게 아니라 겁에 질렸던 건지도 모르겠다고, 당장 그 상황에서 벗어나고 싶었던 건지도 모르겠다고 고백하던 호수의 목소리. 그리고 이튿날 아침, 창가에 서서 환한 햇살을 받으며 쭈욱 기지개를 켜더니 아, 좋다, 라고 말하던 호수의 뒷모습.

이건 도대체 어디에 묻혀 있다 떠오른 기억일까.

기말고사가 끝난 후 오랜만에 만나 조조로 영화를 보고 점심 식사를 하고 카페에서 음료를 마셨을 때까지는 좋았는데 갑자기 호수가 선약이 있다는 걸 깜빡했다며, 군대 동기들이랑 1년 만에 다 같이 만나서 대낮부터 술 마시자고 했는데 벌써 약속 시간에서 한 시간을 훌쩍 넘겼다며, 정말 미안한데 오늘은 여기서 헤어져야겠다고 수차례 사과하던 모습. 정겹게 흘러가던 데이트가 생뚱맞게 어그러진 탓에 속상하고 화나고 어이없기도 했지만, 눈앞에서 그토록 진심을 다해 사과하는 호수를 보며 더 이상 화를 낼 수도 없어서 마음을 다잡고 카페에서 나와 헤어지려던 찰나, 갑자기 방긋 미소 지으며 양손을 살짝 위로 올리더니 어깨춤인지 탈춤인지 그저 율동인지 모를 몸짓을 해 대는 호수의 모습. 여자 친구랑 헤어지고 군대 동기들이랑 술 마실 생각하니까 어깨춤이 절로 나나 보네? 투정 부리듯 말했더니, 너한테 미안해서 그렇지, 헤어질 때라도 웃는 모습으로 돌려보내고 싶어서 그러지, 라고 말하며 나를 꼭 끌어안던 호수의 품.

너른 호수 같던 호수.

평화로운 호수 같던 호수.

잔잔하고 고요한 호수 같던 호수.

물가에서 캠핑하고 싶은 호수 같던 호수.

영하의 겨울에도 결코 얼지 않는 호수 같던 호수.

우거진 나무가 주위를 가득 둘러싸고 있는 호수 같던 호수.

돌멩이를 떨어뜨리면 그 파문이 끝도 없이 퍼지는 호수 같던 호수.

이제는 가고 싶어도 더는 가 볼 수 없는 호수.

이 모든 사실이 아직은 믿기지 않는 호수.

이제는 더 이상 만날 수 없는 호수.

다시는 만날 수 없는 호수.

또 한 번…… D-2

봉안당에 도착해 관리인에게 호수의 유골이 있는 위치를 확인한 후 안치실로 들어갔다. 네모난 갈색 틀과 유리문 안에, 연호수라는 이름이 적혀 있는 유골함이 보였다. 그 앞에 작은 꽃다발과 가족사진, 작년 겨울 동아리 탁구 대회 날 회식 후 함께 찍은 사진이 놓여 있었다. 사진 속에서 호수는 동기들과 함께 활짝 웃고 있었고, 나와 서희와 호영도 나란히 서서 웃고 있었다.

오랜만에 보네, 이 사진.

택시를 타고 오는 동안 단 한 번도 맺히지 않았던 눈물이, 어쩌면 가까스로 참고 있었을 눈물이, 사진 속 우리 모습을 보자 단숨에 흘러내렸다.

이곳에 함께 있는 우리의 마지막 사진이 웃음으로 가득해서 기뻤다.

함께 있는 마지막 사진에서 우리가 멀찍이 떨어져 있다는 사실이 슬펐다.

나는 한참 동안 그 자리에 선 채 눈물을 바닥에 떨어뜨리고는 그동안 고마웠다고, 좋은 곳에서 웃으며 편안히 지내길 바란다고 속삭였다.

봉안당 건물 밖으로 나와 핸드폰을 꺼내 엊그제 연호수가 건 전화번호를 확인했다. 그 순간 아까 형사에게 들었던 말이 떠올랐다. 아사, 그리고 자살. 엊그제 나에게 전화를 건 연호수는 이쪽 세계에 있다가 저쪽 세계로 넘어가 버린 연호수일 것이다. 그러니까 어느 정도는 내가 알던 연호수. 자기 육체는 이쪽 세계에 내팽개쳐 둔 채 저쪽 세계에서 살아가고 있는 연호수. 그렇게 생각하니 모든 것이 맞아떨어지는 것 같았다. 그리고 그 연호수는, 내가 한때 많이 좋아했던 호수와는 다른 연호수였다. 내가 알던 호수는 더 이상 이 세계에 없고, 그의 육신은 재가 되어 이곳 봉안당에 안치되어 있다.

나는 내가 알던 연호수와는 다른 연호수에게 전화를 걸었다. 그쪽 세계의 과학기술을 고려하면 통화 목소리를 조작하는 것 정도는 일도 아닐 것이다. 신호음이 몇 차례 울렸지만 전화를 받지 않았다.

벤치에 앉아 핸드폰을 바라보며 한 번 더 걸어 볼까 하다 가 그냥 기다리기로 했다. 분명 연락이 올 것이다. 조금만 기 다리면 분명 전화가 걸려올 것이다.

그런 생각을 하며 잠시 기다렸고, 아니나 다를까 몇 분 지 나지 않아 핸드폰에 낯익은 열한 자리의 숫자가 떴다.

— 여보세요.

— 드디어 결심했구나.

— 덕분에 내가 뭘 해야 할지 명확해졌어.

— 좋아, 그러면 이제 네가 어떻게 해야 할지 알려 줄게.

— 넌 내가 알던 연호수가 아니야.

— 뭐?

— 내가 1년 2개월 동안 사귀었던 연호수는 이제 이 세상 에 없어. 방금 내 전 남친 연호수의 봉안당에서 마지막 작별 인사를 했으니까. 네가 어떻게 그쪽 세계로 넘어갔고 어떻게 이쪽 세계에 있는 나에게 연락했는지는 궁금하지도 않고 알 고 싶지도 않아. 네가 내가 알던 연호수가 맞는지 아닌지 확 신할 순 없지만, 이제 그런 건 아무 상관도 없을 것 같아. 네 가 누구든 어디에 있든, 너는 너대로 그 세상에서 잘 살아가 면 되고 나는 나대로 이 세상에서 잘 살아가면 돼. 외계인이 모레 이쪽 세계를 멸망시킨다고? 그게 뭐? 그렇다고 내가 이

세계를 포기하고 그쪽 세계로 넘어갈 것 같아? 네가 그쪽 세계에서 왜 날 필요로 하는지는 아무리 생각해도 잘 모르겠어. 내가 그쪽 세계로 넘어가는 일에 어째서 네 인생이 걸려 있고 내 인생까지 걸려 있다고 말했는지도 여전히 잘 모르겠어. 잘 모르겠지만, 이제는 전혀 궁금하지도 않고 알고 싶지도 않아.

　—지민아, 저기 잠깐, 내 말도 좀…….

　—나 아직 말 안 끝났으니까 조금 더 들어 봐. 그래, 마지막이 안 좋긴 했지만 어쨌거나 사귀는 동안 너는 좋은 남자친구였어. 하긴, 마지막이 아름답고 멋있는 연애가 존재할 수 있을까. 연애의 끝은 결국 이별이고 파국인데. 헤어지고 나서 벌써 10개월이 지나도록 왜 새로운 사람을 만나고 싶은 마음이 들지 않았는지 이제 조금은 알 것 같기도 해. 너와의 이별 자체는 진작에 받아들인 것 같은데, 그럼에도 정리되지 않은 마음, 풀리지 않던 응어리 같은 게 있었던 것 같아. 그걸 이제야 깨닫게 됐어. 고마워. 냉소나 빈정거림 같은 게 아니라 정말로 고마워. 애프터서비스 같은 걸까. 이별 후 10개월 만에 받은. 인류가 멸망하기 이틀 전에 받은.

　—지민아, 미안해, 내가 정말 잘못했어.

　—미안해할 일이 아니라니까. 나는 너한테 정말 고마워하고 있어. 연애하는 동안 고마웠고, 지금 이렇게 다시 연락해

줘서 고마워. 그 덕분에 이제 정말 내가 뭘 해야 할지 확신할 수 있게 됐거든. 더 이상 과거에 얽매이지 않고 앞으로 나갈 수 있게 됐으니까. 나는 이제 내일 지구가 멸망하더라도 사과나무 한 그루를 심는 일 따위는 하지 않을 거야. 난 지구가 멸망하기 직전까지, 지구가 멸망하지 않을 수 있는 방법이 있는지 찾아볼 거야. 인류가 살아남을 수 있는 방법을 찾아볼 거야. 한편으론 이런 의문이 들기도 해. 지극히 개인적인 연애 하나 마음대로 할 수 없는 내가 과연 이 거대한 인류를 위해서 무엇을 할 수 있을까. 그런 일이 존재하기나 할까? 정말 아무것도 아닌 평범한 일개 대학생이자 라멘집 아르바이트생인 내가? 나도 몰라. 모르겠어. 연애는 연애고 인류는 인류지. 어떤 일이든 해 보기 전엔 알 수 없는 일이지. 그렇게 생각하지 않아? 어떤 일이든 직접 해 봐야 알 수 있어. 이것저것 따지고 가능성을 계산해서 할 수 있는 일이 아니야. 그냥 무작정 하는 거야.

　─흠…… 이제 하고 싶은 말은 다 끝났어?

　─아니 아직. 조금만 더 들어 줄래? 엊그제는 네가 일방적으로 말했으니 오늘은 내가 일방적으로 말할게. 나는 내가 있는 이 세계가 제일 소중해. 내가 온전히 나로서 있을 수 있는 이 세계가 소중하고, 내 곁에 있는 친구들, 가족, 같이 일하는 사람들이 전부 소중해. 이들과 함께 있는 지금 이 세계가 진

짜 나의 세계고, 진짜 나로서 있을 수 있는 세계야. 그렇기 때문에 이틀 뒤 이 세계가 정말로 사라진다면, 인류가 멸망하게 된다면, 그 자체로 나도 사라지는 거야. 가족과 친구들이 없는 나는 더 이상 나라고 할 수 없겠지. 그러니까 살아 보겠다고 나 혼자 다른 세계로 떠나거나 하는 일은 없어. 그것보다는 이 세계가 사라지기 직전까지, 이 세계가 사라지지 않을 방법을 찾으려 아등바등할 거야. 이것이 나의 의지고, 어쩌면 이것이 신의 의지라고도 생각해. 내가 하고 싶은 말은 여기까지야. 긴 이야기 끝까지 들어 줘서 고마워. 그럼, 안녕.

일방적으로 우다다다다 쉴 틈 없이 말을 쏟아 냈고, 연호수가 뭐라고 대꾸하기 전에 가차 없이 전화를 끊었다. 전화를 걸기 직전까지 어떤 말을 어떻게 해야 할지 정리되지 않았는데 막상 연호수의 목소리를 듣자 일사천리로 말들을 뱉어 냈다. 내 안에 있던 하고 싶었던 말들을 남김없이 싹싹 긁어낸 것 같았다.

연호수도 더 이상 전화를 걸어오진 않을 것이고, 혹여 다시 걸어온다고 한들 받지 않으면 그만이다. 이제 연호수에게 하고 싶은 말도 없고 듣고 싶은 말도 없다. 이것으로 정말 끝이다.

계속되는 D-2

가만히 선 채 한동안 봉안당 바깥의 푸른 가로수와 맑은 하늘을 바라보았다. 겨울에도 잎이 지지 않는 후박나무 나뭇잎이 높은 곳에서 잔잔하게 흔들리고 있었고, 먼 곳에서 거대한 흰 구름이 미세하게 모양을 바꿔 가며 이동하고 있었다.

겨울의 그 풍광을 바라보며 크게 숨을 들이켰다가 내쉬기를 몇 차례 반복했다. 차가운 공기가 허파 깊은 곳까지 들어와 달아오른 몸과 마음을 식혀 주는 듯한 기분이 들었다. 햇살마저 따스했기에 그다지 춥게 느껴지지는 않았다.

전화를 끊고 나서도 한참 동안 쿵쾅거리던 심장이 조금씩 제 박동을 찾아 갔다.

혼탁했던 정신이 차츰 맑아지는 것 같았고, 문득 내가 해야 할 일이 시리우스의 별빛처럼 환하게 비추는 느낌을 받았다. 어두운 밤하늘을 밝게 빛내 주는 시리우스. 하지만 그곳까지 다다를 수 있는 방법은 여전히 오리무중인 상황이었다.

이제부터 난 어떻게 하면 좋을까. 루리코는 내가 외계인을 상대로 무얼 해야 할지 스스로 발견한다고 했는데 지금으로선 당장 무엇을 해야 할지도 모르겠어. 다시 체육관으로 돌아가는 게 나을까. 탁구 대회는 무사히 마무리되었을까. 결승전은 어떻게 됐을까. 호영이가 이겼을까, 아니면 재영 오빠가 이겼을까. 대회는 진즉에 끝이 났고 이미 회식이 시작됐을까. 일단 메시지라도 보내 두는 편이 나을까.

핸드폰 메시지 어플을 확인해 보니 무슨 일 있으면 당장 연락 달라는 호영의 메시지가 와 있었고, 아무 일 없을 테니 걱정하지 말라는 서희의 메시지도 와 있었다. 다른 동아리 선후배들도 메시지를 보내왔다.

나는 서희와 호영에게 이곳 봉안당 주소를 보내며 형사에게 연호수가 사망했다는 이야기를 들었고 지금은 혼자 먼저 봉안당에 왔다고 전했다. 오늘 마침 동아리 사람들이 모여 있으니 다 같이 와도 좋을 것 같다는 말까지 전송한 후, 이제 어떻게 하면 좋을까, 동아리 사람들이 올 때까지 여기서 기다릴까, 아니, 그보다 이 세계를 위해, 외계 생명체에 맞서기 위해 내가 할 수 있는 방법을 강구해야 할 텐데 어떤 방법이 있을까, 우리의 히어로들은 이럴 때 어떻게 행동했을까, 자연스럽게 스스로 해야 할 일을 발견하지 않았을까, 그런데 내 머릿속은 어째서 이토록 새하얀 걸까, 나는 그저 착각의 영웅일 뿐 사실은 평범한 인간이라서? 따위의 생각을 하고 있는데 뒤에서 얼핏, 최지민, 하고 부르는 소리가 들려왔다.

처음에 나는 그게 나를 부르는 소리라고는 상상도 하지 않은 채 그저 이런 곳에도 나와 동명이인인 사람이 있나 보다, 정도로만 여기고 앞으로 내가 무엇을 어떻게 해야 할지 계속해서 생각에 잠기려 했는데, 마침내 코앞까지 나타난 낯익은 얼굴이 "뭐야, 최지민 맞네, 이런 데서 만나다니!" 말하고 나서야 그가 말한 최지민이 나와 동명이인 최지민이 아니라 바로 나를 가리킨다는 사실을 알게 되었다.

채보민이었다. 대학교 신입생 환영회 때 같은 조원이 되어 장기자랑도 준비하고 퀴즈도 풀고 술도 마시며 1박 2일 동안 반짝 친하게 지냈으나, 이후 각자 동아리 활동 및 그 밖의 대학 생활에 전념하느라 강의실에서 마주칠 때만 친한 척 인사를 주고받을 뿐 따로 연락하거나 만나지는 않는 일어일문학과 동기.

"어, 보민! 이런 데서 보네. 오랜만이다."

"갑자기 오랜만은 무슨. 학교에서 매주 만나면서. 단톡방에서도 볼 테고."

하여튼 시니컬한 성격은 여전하다.

"방학했잖아. 그리고 단톡방은 온라인이고."

"그런가? 아무튼 여기서 볼일은 다 끝났나 보네?"

"볼일? 무슨 볼일?"

그러자 채보민이 엄지손가락으로 자신의 뒤편 봉안당 건물을 가리켰다.

"아…… 어, 끝났어. 너는?"

"나는 이제 들어가는 길. 낯익은 사람이 보이길래 혹시나 해서 와 봤더니 네가 있네. 가족? 아니면 친구?"

"어?"

채보민이 다시 한번 자신의 뒤편 봉안당 건물을 가리켰다.

"아, 나는 그냥…… 지인. 너는?"

"난 우리 부모님. 중학생 때 부모님 돌아가시고 나서 진짜 인생 끝났다고 생각했는데, 벌써 6년이나 지났네."

"벌써 6년이나 됐구나."

"시간 진짜 순식간이다. 그동안 언니랑 오빠가 고생했지."

그러고 보니 신입생 환영회 술자리 때 보민에게 언니와 오빠가 있다는 이야기를 들었던 기억이 떠올랐다. 남매끼리 사이가 돈독하구나 정도로만 생각했던 것 같은데 다른 사연이 있었던 것이다.

"오늘은 혼자 왔나 보네?"

"다들 이따가 올 거야. 나 대학교 입학한 후로는 다 떨어져서 사니까, 적당히 시간 정해 놓고 그 시간 맞춰서 각자 찾아와. 어차피 여기 찾아오는 것도 오늘부로 마지막이겠지만."

"오늘이 마지막이라고? 왜, 무슨 일 있어?"

그러자 채보민이 정말 몰라서 묻느냐는 얼굴로 나를 바라보았다. 내가 고개를 갸웃하며 정말 모르겠다는 표정을 짓자 채보민은 코웃음을 치며 한쪽 입꼬리를 올렸다.

"아까 서 있을 때부터 좀 멍해 보이더니. 설마 너 외계인 사건 모르는 건 아니지? 내가 과 단톡방에 영상 링크도 올렸었는데."

"그건 알지, 나도."

"그때까지만 해도 단순히 노이즈 마케팅이라고만 생각했건만…… 아무튼 인류 절멸까지 이제 이틀밖에 안 남았잖아."

인류 절멸까지 이제 이틀밖에 안 남았다고? 어떻게 그렇게 확신에 차서 말할 수 있지?

채보민이 마지막으로 내뱉은 말, 정확하게는 그 순간의 말투가 어떤 촉매 작용이 되어, 0으로 수렴하던 전투력이 다시 치솟는 듯한 느낌을 받았다. 동시에 한동안 흩어져 있던 정신이 한곳으로 집중되는 듯한 기분이 들었고, 나도 모르게 눈에 힘이 들어갔으며, 그 시선을 그대로 채보민의 눈에 맞췄다.

"넌 이틀 후에 인류가 절멸한다고 믿나 보네?"

"믿는다고까지는 할 수 없고, 지금으로선 반신반의한다고 말하는 게 맞겠지만, 나로선 어떻게 되든 상관없다는 주의랄까. 멸망하면 멸망하는 거고, 아니면 아닌 거고."

그 이야기를 듣는 순간, 채보민이 단순히 말투나 사고방식만 시니컬한 게 아니라 삶을 대하는 태도 자체가 냉소적이라는 사실을 새삼 되새기게 되었다.

신입생 환영회 때 처음 만나 1박 2일 동안 그렇게 즐겁게 어울려 지냈으면서도, 정작 개학 후엔 차츰 멀어졌던 이유가 그의 이런 태도가 마음에 들지 않아서라는 사실, 그래서 의식적으로 피했다는 사실 또한 오랜만에 다시 떠올랐다. 물론 어린 시절 부모님을 여읜 일이 성격 형성에 영향을 미쳤으리라 충분히 예상할 수 있었지만, 그럼에도 나는 왠지 모르게, 존재하지도 않는 머릿속의 뚜껑이 확 열린 듯한 기분이 들었다. 열린 뚜껑 속에서 뜨거운 김이 무럭무럭 피어올랐다.

멸망하면 멸망하는 거고 아니면 아닌 거라니, 어떻게 그런 식으로 말할 수 있지?

그 기분은 순수하게 채보민을 향한 것이라기보다는, 어쩌면 불과 15분쯤 전에 연호수에게 쏟아 내고 남은 감정의 찌꺼기인지도 모를 일이었음에도, 나는 채보민의 마지막 말이 끝나기가 무섭게 내 감정을 터뜨려 버렸다. 그게 내가 지금 해야 할 일이라 믿으며.

"어떻게 되든 상관없다니, 네 인생 아니야? 네가 하고 싶은 것, 되고 싶은 것, 살고 싶은 삶, 그런 게 있을 거 아니야. 혹시 그런 게 없더라도, 사소하게는 먹고 싶은 거나 보고 싶은 거, 아니면 만나고 싶은 사람이 있을 거 아니야. 지난 몇 년 동안 막내인 너를 돌봐준 언니와 오빠도 있을 테고."

"너 갑자기 왜 이렇게 진지하게 정색하고 그래? 외계인 이야기는 요즘 그냥 다들 가볍게 하는 이야기잖아."

"다들 가볍게 하는 이야기라고? 그렇다고 나까지 얼씨구나 하면서 가볍게 대해야 하는 거야? 나는 아닌데. 네가 말하는 다들이 누구인지는 모르겠지만, 적어도 나는 아니야. 나는 이틀 뒤에 정말로 인류가 절멸하면 어쩌나, 그렇게 되지 않기 위해선 어떻게 해야 하나, 내가 할 수 있는 일은 없을까, 심각하게 고심하고 고민하고 있어. 처음부터 그랬던 건 아니지만 최소한 지금은 그래. 그게 당연한 거 아니야? 내 인생이잖아! 어떻게든 방법을 찾기 위해 아등바등해야지. 물론 행동으로 옮기지 않는다면 생각하는 것만으로는 아무 변화도 일어나지 않겠지. 행동으로 옮긴다고 한들 바뀐다는 보장도 없고. 바뀌지 않을 확률이 더 클 수도 있겠지만, 아니, 바뀌지 않은 확률이 압도적으로 크지만, 그래도 해 봐야지. 그래도 해 봐야 하는 거 아니야? 그래, 그래서 어른들이 사는 게 어렵다거나 인생은 알 수 없다는 말을 하는 거겠지. 앞으로 어떻게 될지 모르니까. 좋은 의도를 가지고 어떤 일을 행한다고 한들, 내가 한 행동이 어떤 결과를 낳을지 모르고, 그 결과가 나에게 긍정적일지 부정적일지 파악하기조차 어려우니까. 어쨌거나 일단은 생각부터 해 봐야 하는 거 아니야? 이런 터무니없는 상황 속에서 내가 할 수 있는 일은 무엇이 있을까. 인류의 멸망을 막기 위해, 정말 티끌보다 보잘것없는 나라는 존재가 할 수 있는 일은 무엇이 있을까. 최소한 생각은 해 봐야 하는 거 아니야?"

채보민은 갑자기 터져 나온 내 장광설에 어안이 벙벙한 듯 가만히 바라보기만 할 뿐 그 어떤 대꾸도 하지 않았다. 조금은 멍한 듯한 그 얼굴을 보고 있노라니 처음 만난 이후 약 3년 동안 묵혀 둔 말들까지 쏟아져 나왔다.

"기왕 말이 나온 김에 한마디만 더 할게. 넌 왜 그렇게 매사에 쿨하고 시니컬해? 그래, '매사'라고까지 할 수는 없을지도 모르겠다. 내가 너의 일거수일투족을 감시하고 있는 건 아니니까. 최소한 나와 만났을 때, 아니면 단톡방에서 봤을 때, 그리고 주변 동기들이 하는 이야기들을 종합해 보면, 너는 딱 그런 사람이야. 모든 일에 어느 정도 거리를 둔 채, 약간은 방관하는 태도로, 자신은 거기에 속한 사람은 아니라는 듯, 그 일이 어떻게 되든 본인과는 아무런 상관도 없다는 듯, 쿨하고 시니컬하게 말하고 행동해. 그래, 오늘 널 이런 곳에서 만나게 됐으니 그런 태도를 한편으로는 이해할 수도 있을 것 같아. 더는 세상으로부터 상처받지 않겠다는 태도일 수도 있겠고, 내가 원한다고 원하는 대로 살 수 없다는 걸 일찍 깨달은 사람의 태도일 수도 있겠고. 맞아, 나도 지금 내가 주제넘은 소리하고 있다는 거 알고 있고, 이런 말을 한다고 해서 네 가치관이 바뀔 수도 없고 바뀔 리도 없다는 걸 알고 있지만, 뭐 어때, 네 말대로 이틀 뒤면 우리 모두 죽는데. 너랑 동갑인 내가이런 꼰대 같은 소리나 떠벌릴 줄은 정말 상상도 못 했지만, 제발 남아 있는 이틀만이라도 적극적으로 부딪치며 지내 봐!"

귓가에 심장이 달린 듯 쿵쾅거리는 소리가 고막에 직접 와닿는 것 같았고, 채보민은 딱딱하게 굳은 얼굴로 팔짱을 낀채 나를 쳐다보고 있었다. 화가 난 얼굴처럼 보이기도 했고어이가 없는 얼굴처럼 보이기도 했고 상처받은 얼굴처럼 보이기도 했고 내 말을 곱씹고 있는 얼굴처럼 보이기도 했지만, 최소한 더 이상 대화가 가능한 얼굴처럼 보이지는 않았다.

초겨울의 차가운 바람이 뜨겁게 달아오른 안면을 식혀 주었다. 나는 숨을 크게 들이쉬었다가 내쉬었다. 채보민 뒤편으로 옅은 회색의 3층짜리 봉안당 건물이 보였다. 2층과 3층은병원 건물처럼 같은 크기의 창문만 있어서 단조로웠지만 그보다 앞쪽으로 조금 튀어나온 1층 정면은 파르테논 신전처럼몇 개의 기둥이 지붕을 받치듯 나열되어 있었다. 신들. 영웅들. 그제야 후회가 밀려왔다. 연호수에게 쏟아 내고 남은 감정의 찌꺼기가 있었다고 해도 이럴 필요까지는 없었다. 진정한 히어로라면 이러지 않았을 텐데. 나는 그저 착각의 영웅이고 급발진의 영웅일 뿐이다. 사과하자.

"갑자기 급발진해서 미안. 여기 와서 감정이 좀 격해진 것 같아. 그래도 마음에 없는 말 지어내서 하진 않았으니까. 그리고 방금 했던 말들, 너한테 하는 말이기도 하지만 솔직하게 말하면 하루 전의 나한테 하는 말이기도 해. 과거의 내가 지금 하는 말을 들을 수는 없겠지만."

하지만 채보민은 아무 대꾸도 하지 않은 채 내가 했던 말을 곱씹는지 아니면 나에게 반격할 말을 준비하는지 입을 꾹 다문 채 나를 쳐다봤다가 다른 곳을 쳐다봤다가 했다.

잠시 입을 다물고 마지막으로 어떤 말을 할까 고민하다가 한마디 덧붙였다.

"혹시 이틀 뒤에 우리 둘 다 살아 있으면 밥이나 같이 먹자."

그렇게 말하고 몸을 돌려 채보민에게서 조금씩 멀어지던 중 뒤에서 채보민이 "야, 최지민." 하고 부르는 소리가 들렸다. 다정하게 부르는 소리가 아닌 건 당연했지만, 단순히 내 말에 반박하려거나 싸우려는 감정이 담긴 목소리처럼 들리지도 않았다. 의아한 마음으로 자리에 서서 고개를 돌리자 채보민이 내 쪽으로 터벅터벅 걸어왔다.

채보민은 잠시 나를 바라보더니 이렇게 물었다.

"너, 정말 네가 할 수 있는 일이 있다고 생각해?"

채보민의 뜬금없는 질문에 갑자기 왜 이런 걸 물어보나 어리둥절해져 아무 대답도 못 했으나 잠시 후 나는 천천히 고개를 끄덕였다.

"외계 생명체가 인류의 99.9999퍼센트를 없애겠다고 공언한 날이 이틀 뒤면 찾아올 테고, 어쩌면 그게 사실일지도 모르는 현재 상황에서, 그럼에도 정말 네가 인류를 구할 수 있는 일이 있다고 생각해?"

나는 내가 할 수 있는 일이 있다는 확신을 가진 채 채보민을 보며 고개를 강하게 끄덕였다. 도대체 어디에서 솟아난 확신인지 알 수 없었지만, 나는 내 믿음에 도장을 찍듯 말했다.

"당연하지!"

그러자 갑자기 채보민이 이제껏 본 적 없는 미소를 지으며 "너도 우리 언니랑 똑같은 소리를 하네."라는 한마디를 내뱉었는데, 그건 이전까지 듣던 채보민의 목소리와는 완전히 다른 목소리여서 순간 어안이 벙벙해지고 말았다.

완전히 다른 목소리기는 했지만 언젠가 들어 본 적이 있는 듯한 목소리였기에, 뭐지? 어디서 들었지? 왠지 알 것 같은데, 라는 생각을 하고 있노라니 채보민이 알아들을 수 없는 말을 내뱉었고, 그와 동시에 자신의 팔을 내 쪽으로 뻗었는데, 그 순간 채보민의 움직임이 마치 재생속도를 0.5배속으로 줄인 영상처럼 보였기에 다시 한번, 이게 뭐지? 지금이 무슨 상황이지?라는 의문이 들면서 마침내 채보민의 새로운 목소리를 어디에서 들었는지 깨닫고 오싹 소름이 돋고 말았다. 그건 닷새 전 유튜브를 통해 처음 들었던, 하늘색 단발머리에 커다란 하늘색 눈동자가 인상적인 3D 캐릭터의, 별들이 반짝이는 우주를 배경에 두고 흘러나온 버추얼 유튜버 특유의 기계음 섞인 목소리였던 것이다.

그 사실에 충격을 받은 나머지 평소보다 절반은 느린 속도로 움직이는 채보민의 움직임에 아무런 대처도 할 수 없었고, 채보민은 마침내 내 어깨에 손을 얹었는데, 그 바로 직전, 나는 살짝 내려 뜬 눈으로 채보민의 손바닥이 마치 블랙홀처럼 새카맣게 뻥 뚫려 있다는 사실을 확인했다. 그리고 아, 그러면 이제 나는 저 블랙홀 속으로 빨려 들어가겠구나 그 세계는 어떤 세계일까, 설마 저곳이 외계인들이 사는 곳일까, 라는 생각이 머릿속에서 희미하게 맴도는 와중에 채보민의 손바닥이 내 어깨에 닿았고, 나는 정신을 잃고 말았다.

*

이것은 현실이다. 호수가 한 여자를 가리키며 이름은 연바다이고 나이는 23살이라고 알려 준다. 바다는 나를 보며 안녕 지민, 인사하고 나도 바다를 보며 안녕 바다, 인사한다. 하지만 나는 내 딸이 나를 보고 왜 엄마라고 부르지 않는지, 왜 나의 이름을 부르는지 의아하다. 바다는 내가 배 아파서 낳은 나의 딸. 나보다 두 살 많은 나의 딸. 바다와의 인사가 끝나자 호수는 그 옆에 서 있던 남자를 가리키며 이름은 연 가을이고 나이는 스물아홉 살이라고 말한다. 탁구 대회 때 참석한 OB 선배들보다 나이가 많지만 나는 가을이 나의 아들이라는 사실을 알고 있다. 가을이 나를 보며 안녕 지민, 인사하고 나 역시 가을에게 안녕 가을, 인사한다. 가을 역시 나를 엄마라고 부르지 않고 이름으로 부른다. 열 달을 배에 품었던 나의 아들. 나보다 여덟 살 많은 나의 아들. 믿을 수 없는 현실이다.

이것은 현실이다. 우리는 거실에 둘러앉아 도란도란 이야기를 나눈다. 바다는 호수를 닮아 눈이 깊고 맑다. 가을은 나를 닮아 볼과 입술이 발그스름하다. 호수와 바다와 가을은 번갈아 가며 내가 자신들의 세계로 넘어와서 기쁘다고 말한다. 이 세계에서 얼른 적응할 수 있게 도와주겠다고 말한다. 나는 그들이 왜 그런 말을 하는지 이해가 되지 않지만, 어쩌면 그들이 말하는 세계란 새로운 가족이라는 의미일지도 모르겠다는 생각이 든다. 호수보다 다섯 살이 많은 아들

과 한 살이 적은 딸과 함께 가족을 이루어 사는 삶. 어디에
서도 본 적 없는 삶. 새로운 가족의 형태. 새로운 삶. 하지만
나는 그들이 내 딸이고 내 아들이라는 사실을 단 한 순간도
잊은 적이 없다. 믿을 수 없는 현실이다.

이것은 현실이다. 새로운 가족으로서 처음 맞이하는 밤.
우리는 거실에 이불을 깔고 나란히 눕는다. 호수 옆에 가을
이, 가을 옆에 바다가, 바다 옆에 내가 누워 있다. 천정을 바
라보고 있는 내 옆에서 바다가 말한다. 지민이 우리 세계로
건너와 줘서 너무 좋아. 그런 선택을 해 줘서 정말 고마워.
나는 고개를 돌려 바다를 바라본다. 바다는 내 쪽으로 몸을
돌린 채 나를 보고 있다. 달빛만이 희미하게 비치는 어두운
거실. 바다가 반짝인다. 바다의 반짝임 너머로 가을이 반짝
이고 가을의 반짝임 너머로 호수가 반짝인다. 그 반짝임에
취해 나도 모르게 말한다. 나를 가족으로 받아들여 줘서 고
마워. 어쩌면 마음에도 없는 말일지도 모를 말을, 나도 모르
게 내뱉는다. 바다가 내 손을 더듬어 잡는다. 따스한 온기가
전해진다. 믿을 수 없는 현실이다.

이것은 현실이다. 이따금 나는 나를 걱정스러운 눈빛으로
바라보는 바다와 호수와 가을을 본다. 그럴 때면 그들이 내

가 아닌 다른 어떤 존재를 보고 있다고 느낀다. 내 안에 있는 다른 존재. 혹은 나와 함께 있는 다른 존재. 그들은 나를 통해 무엇을 보고 있는 것일까. 가끔 나는 내 몸을 마음대로 움직일 수 없을 때가 있다. 고통이 몰려오고, 정신을 잃는다. 정신을 잃을 때면 이따금 이런 꿈을 꾸기도 한다. 신서희, 문호영, 에바 한손과 함께 탁구를 치거나 강승연, 황아름, 김지호와 함께 해외여행을 가는 꿈. 정신을 잃을 때면 이따금 이런 꿈을 꾸기도 한다. 오가와 루리코와 일본어와 한국어가 섞인 대화를 나누거나 채보민과 술을 마시며 앞으로의 대학 생활에 대해 이야기하는 꿈. 정신을 잃을 때면 이따금 이런 꿈을 꾸기도 한다. 라멘집 부점장님과 주방 매니저 언니의 데이트에 눈치 없이 끼어 함께 라멘을 먹는 꿈. 아빠와 길게 안부 통화를 나누거나 엄마와 장문의 메시지를 주고받는 꿈. 믿을 수 없는 꿈이 끝나고 눈을 뜨면 바다와 호수와 가을이 나를 바라보고 있다. 나를 보며 동시에 다른 어떤 존재를 보고 있다. 믿을 수 없는 현실이다. 믿을 수 없는 현실이 언제까지 현실일 수 있을까.

　이것은 현실일까. 어느 순간 나는 튀르키예에서 하늘 위로 둥둥 떠오르는 열기구를 타고 있다. 내 옆에서 바다와 호수와 가을이 상기된 얼굴로 서로의 얼굴을 봤다가 나를 봤다가 땅 아래를 봤다가 하늘 저 먼 쪽을 바라본다. 너무 환상적인 풍경이야. 바다가 소리친다. 사진으로는 도저히 이 아름다운 순간을 담을 수 없어. 가을이 소리친다. 지민, 바다, 가을, 너희들과 함께 이곳에 있다는 사실이 꿈만 같아. 호수가 소리친다. 꿈만 같은 현실인가. 정말 꿈만 같은 현실일까. 꿈만 같은 현실이 언제까지 현실일 수 있을까.

이것은 꿈만 같은 현실일까. 어느 순간 나는 빠르게 하늘 위로 올라가는 유람 타워를 타고 달을 향해 가고 있다. 파란 하늘은 어느새 까맣게 변했고, 차츰 지구가 눈앞에 그 모습을 드러낸다. 사람들은 전망대 유리 쪽에 옹기종기 달라붙어 황홀하게 반짝이는 지구를 바라본다. 조금씩 작아지는 지구를 바라보며 사진 찍느라 바쁘다. 내 옆에 있던 호수가 지구를 바라보던 눈으로 나를 바라본다. 언제 마지막으로 봤는지 기억나지 않는 눈빛. 정말 믿을 수 없는 과학기술 아니야? 4박 5일이면 유람 타워를 타고 달에 놀러 갈 수 있는 세계라니. 호수가 말한다. 여기에 오길 잘한 것 같아, 이 세계에서 살기로 결정하길 잘한 것 같아. 호수가 반복해서 말한다. 나는 호수의 말에 아무 대꾸도 하지 않는다. 다만 푸르게 반짝이는 지구를 바라보며, 어느새 주먹만큼 작아진 지구를 바라보며, 내가 지금 어디에 있는지 모르겠다고 생각한다. 이 비현실적인 현실이 도대체 언제까지 현실일 수 있을지 궁금해한다.

　이것은 비현실적인 현실이다. 어느 순간 나는 요코하마의 관람차를 타고 붉게 물든 하늘을 바라보고 있다. 내 옆에는 바다가, 맞은편에는 가을과 호수가 앉아 있다. 석양을 받아 발갛게 물든 얼굴들. 이렇게 다 같이 살 수 있어서 정말 다행이야. 친구이자 아버지, 남동생이면서 오빠이면서 남편이기도 한 호수가 말한다. 기대했던 것보다 훨씬 좋아. 계속 다 같이 함께 살 수 있으면 좋겠어. 친구이자 아들, 형이면서 오빠인 가을이 말한다. 정말 꿈에서도 그려 본 적 없는 가족이야, 너무 행복해. 친구이자 딸, 여동생이면서 언니인 바다가 말한다. 나는, 나는, 나는, 말을 더듬으며 관람차 밖을 바라보지만 창밖은 어느새 검게 내려앉아 유리창을 통해 내 얼굴이 보인다. 유리에 비친 나의 모습은 지금까지 알고 있던 나의 모습과는 많이 다르다. 내가 아닌 나. 나라고는 도저히 믿을 수 없는 나. 나는, 나는, 나는, 나는, 나는, 말을 더듬으며 내가 누구인지 생각한다. 호수와 바다와 가을이 누구인지 생각한다. 이곳이 어디인지 생각한다. 이곳은 비현실적인 현실이고, 비현실적인 현실이 반복되는 현실은 비현실이다. 유리에 비친 나는 비현실이다.

유리에 비친 나는 비현실 비현실 비현실. 나는 비현실 비현실 비현실 하고 중얼거린다. 비현실 비현실 비현실 비현실 머릿속에 자꾸만 떠오르는 비현실 비현실 비현실 비현실 비현실 비현실 하지만 유리에 비친 내가 비현실이라면 지금 내가 하고 있는 생각도 비현실이 아닌가 내 생각은 현실인가 아니면 비현실인가 아니면 현실인가 아니면 비현실인가 나는 이제 내가 보는 것을 믿을 수 없고 나는 이제 연호수를 믿을 수 없고 나는 이제 연바다를 믿을 수 없고 나는 이제 연가을을 믿을 수 없고 나는 이제 비현실 속 비현실 속 비현실 속 비현실 속 비현실 속 비현실 속 믿을 수 없는 현실 속 믿을 수 없는 현실 속 믿을 수 없는 현실 속 그것은 현실이 아니다 이곳은 현실이 아니다 여기는 현실이 아니다 나는 현실이 아니다 나는 최지민이다 나는 최지민이 아니다 여기에 있는 나는 최지민이 아니다 여기에 있는 나는 진짜 최지민이 아니다 비현실에 있는 나는 최지민이 아니다 진짜 최지민은 현실에 있다 현실에 있다 현실을 찾아야 한다 비현실 속에서 찾아야 할 현실 비현실 속에서 찾아야 할 현실 비현실 속에서 찾아야 할 비현실 속에서 찾아야 할 비현실 속에 비현실 속에 비현실 비현실 비현실로 가득한 현실은 비현실이고 비현실 비현실 비현실 비현실 비현실 비현실 비현실 비현실 비현실 비현실로 가득한 현실에서 진짜 현실 내가 살아야 하는 현실 내가 최지민으로 있을 수 있는 현실 내가 진짜 최지민으로 있을 수 있는 현실을 찾아야 한다 현실 현실 찾아야한다 현실을 찾아야 한다 현실 현실 현실 현실 현실을 찾아비현실에서 벗어나야 한다 지금이라도 늦지 않았으니 비현실에서 빠져나와야 한다 옆에 있는 바다가 하하하하하하하 맞은편에 있는 호수와 가을이 깔깔깔깔깔깔 웃음을 터뜨리고있는 비현실에서 빠져나와야 한다 현실로 가야 한다 현실로가자 현실로 돌아가자 현실로 현실로.

"그러면 네가 같이 가면 좋겠다."

저물지 않는 D-2

멀리서 희미하게 새들이 지저귀는 소리가 들린다.

째액째액.

속닥속닥.

구구구구.

재잘재잘.

새소리 사이사이, 사람들이 말하는 소리가 다른 나라 말처럼 들려온다.

어디지. 외국인가.

자음과 모음이 제대로 결합하지 않은 채 들려오던 소리가, 낯선 외국어처럼 의미를 알기 어려운 말처럼 들려오던 소리가, 차츰 명확하게 들린다.

"진짜 괜찮다니까. 봐 봐, 지금 일정한 간격으로 평온하게 숨을 들이쉬었다 내쉬었다 하고 있잖아."

"오빠가 의사도 아니잖아! 당장 119 불러야 하는 거 아니냐고!"

"굳이 그럴 필요 없다니까. 잠시 정신을 잃은 것뿐이니까. 여기 추우니까 일단 안으로 옮기자."

슬며시 눈을 뜨자 눈부신 파란 하늘을 배경으로, 낯익은 여자의 모습과 낯선 남자의 모습이 천천히 눈 안으로 들어왔다. 때마침 낯익은 여자가 나를 바라보았고, 깜짝 놀라며 소리친다.

"최지민! 괜찮아? 눈 뜬 거 맞아?"

"거 봐, 내 말이 맞잖아. 기다리면 된다고 했더니만."

"오빠는 좀 조용히 있어 봐. 지민아, 정신이 좀 들어? 나 누군지 알겠어?"

채보민으로 보이는 여자가 채보민의 목소리로 말하는 걸 보니 누군지 모를 수가 없다.

"보민이네."

"휴우, 다행이다. 야, 갑자기 그렇게 눈앞에서 쓰러지면 어떡하냐. 진짜 깜짝 놀랐잖아."

상대방은 서 있는데 계속 누워 있을 수도 없었기에, 정신도 좀 차릴 겸 천천히 자리에서 일어나 앉았고, 그제야 아까 보민과 만났던 야외 벤치에 누워 있었다는 사실을 알게 되었다.

"좀 괜찮아? 다행히 벤치 쪽으로 쓰러져서 겨우 붙잡고 부축해서 누일 수 있었어."

"얼마나 기절해 있었던 거야?"

"글쎄, 한 2, 3분?"

"이거 보여요? 이거 몇 개예요?"

갑자기 낯선 남자의 목소리가 끼어들더니 눈앞에 손가락 세 개가 나타났다. 상대방이 누군지 알 수 없었지만 일단 질문에 답하기로 했다.

"세 개."

"이거는?"

"새끼손가락, 엄지손가락."

"이거는?

"집게손가락 하나."

"괜찮은 것 같네."

곧이어 들리는 채보민의 목소리.

"의대 달랑 1년 다니고 의사인 척 흉내 내기는."

그러고 나서 잠시 둘이 옥신각신하는 사이 아까 채보민이 했던 말이 떠올랐다. 아마도 내가 정신을 잃기 직전에 했던 말 같은데 실제로 현실에서 들었는지 아닌지 헷갈렸다.

"보민아, 너 혹시 네 언니랑 나랑 똑같다는 말 했어?"

"내가? 아, 아까! 맞아, 우리 언니도 너랑 똑같은 소리를 했거든."

"무슨 소리?"

"네가 아까 나한테 잔뜩 쏘아붙인 소리. 네 인생을 살라는 둥, 우리가 할 수 있는 일이 있을 거라는 둥."

"너희 언니도 나와 생각이 같나 보구나."

"그래서 깜짝 놀랐다니까. 우리 언니야 괴짜 같은 면이 있어서 그렇다고는 해도, 너는 학교생활 성실하게 잘하는 애가 갑자기…… 아무튼 그래서 네가 같이 가면 좋겠다고 했지."

"같이 간다고? 어디를?"

"삿포로."

"삿포로? 일본?"

"맞아."

"거긴 왜?"

하지만 내 마지막 질문은 다시 한번 갑작스레 끼어든 사람의 말에 묻히고 말았다. 이번에 끼어든 사람은 방금 전과 다른 사람이었다.

"기훈, 보민, 추운데 거기서 뭐 해? 얼른 안으로 들어가자."

잠시 후 알게 된바, 보민과 함께 있던 남자는 보민의 오빠 채기훈이었고, 마지막으로 온 여자는 보민의 언니 채승아였다.

나는 그들과 함께 봉안당으로 들어가 1층 로비의 테이블에 앉아 승아 언니가 보온병에 담아 가지고 온 유자차를 마시며 간단히 내 소개를 했다. 동아리 선배가 사망했단 소식을 갑작스럽게 접하고 황급히 이곳에 오게 됐다는 식으로 거짓말이 아닌 범위에서 적당히 둘러대기도 했다.

"어쩌면 가까운 지인의 사망 소식에 놀라서 잠깐 정신을 잃었을 수도 있겠다."

내 소개가 끝나자 보민이 옆자리에 앉아 있던 기훈 오빠와 승아 언니를 소개해 줬다. 기훈 오빠를 처음 봤을 때 보민과 말다툼하고 있었던 탓인지, 흔하디흔한, 여동생 있는 괴짜 오빠 같은 인상이 강했는데 실제 하는 일은 첫 이미지와 달랐다. 우리보다 여섯 살 많은 기훈 오빠는 고교 졸업 후 의대에 입학했으나 1년만 다니고 그만둔 후 군대에 다녀오자마자 공무원 시험에 합격해 현재 주민센터에서 일하고 있었다. 우리보다 여덟 살 많은 승아 언니는 현재 대학원에서 천체물리학을 공부하고 있다고 했는데, 그 말이 나오자마자 옆좌석에 있던 보민이, 우주에 대해 공부하는 사람인 만큼 이번 외계인 사태에 누구보다 관심이 많지, 라고 덧붙였다. 처음 승아언니를 봤을 때부터 이지적으로 보였던 데엔 다 이유가 있었다. 물론 외모만 보고 누군가를 판단해선 안 되겠지만.

봉안당 로비의 테이블에서 간단한 인사와 소개를 주고받

은 후 나는 세 남매와 함께 보민의 돌아가신 부모님께 인사
를 드렸고, 이후 그것이 자연스러운 흐름이라는 듯 승아 언니
의 자가용에 탑승했다. 자동차가 출발하고 나서야 이게 뭐지?
왜 이 차에 타고 있지? 살짝 어리둥절했는데, 내 의문에 답을
주기라도 하듯 때마침 보민이 승아 언니에게 아까 끊어졌던
이야기를 꺼냈다.

"언니, 오늘 삿포로, 얘랑 가는 편이 나을 것 같은데?"

"갑자기? 무슨 일 있어?"

"어차피 나는 통역 역할로 가기로 한 거였잖아. 삿포로에
특별히 관심이 있지도 않고. 언니가 이번 주에 내내 했던 이
야기, 솔직히 별로 안 와닿기도 하고."

"내가 무슨 이야기를 내내 했다고. 이번 주에 통화 달랑 두
번밖에 안 하지 않았나?"

"메시지로도 보냈잖아. 우리가 할 수 있는 일이 분명히 있다
면서. 외계 생명체에 맞서서 지구인의 저력을 보여 줄 절호의
기회가 찾아왔다느니, 아직 가능성이 있다느니 어떻다느니."

"틀린 말 하나 없구먼."

"근데 오늘 지민이 얘가 언니랑 똑같은 말을 하더라고. 평
소에 만나면 그냥 웃으면서 안부 인사 정도만 주고받던 애가
갑자기 나한테 정색하면서 언니랑 똑같은 소리 하는 거 듣고
있으려니 얼마나…… 황당한 것도 당황스러운 것도 아니고,

이걸 뭐라고 해야 하지."

앞 좌석에 앉아 둘의 대화를 가만히 듣고 있던 기훈 오빠가 한마디 거들었다.

"이런 생각을 하는 사람이 내 주위에 채승아 말고 또 있구나, 정말 세상은 넓고 사람은 많구나, 그런 생각을 했겠지."

"채기훈 죽는다." 승아 언니가 말했다.

"어차피 이틀 뒤면 다 죽을 텐데 이틀 먼저 죽는다고 크게 달라질 것도 없겠지."

기훈 오빠 역시 보민과 비슷하게 쿨하고 시니컬한 사람 같았다.

"그럼 지민이도 알고 있겠네? 며칠 전에 흑점 폭발한 일."

승아 언니 입에서 갑자기 내 이름이 나와 살짝 긴장했는데, 그 뒤에 이어진 말이 평소에 들어 본 적도 없고 입 밖에 내 본 적은 더욱 없는 말이라 긴장하고 말았다.

흑점 폭발? 태양의 흑점을 말하나? 고등학교 때 들어 본 것 같긴 하지만⋯⋯.

"그건 잘 모르겠는데요."

"그래? 그럼 흑점 폭발을 이용하는 것 말고 우리가 할 수 있는 일이 뭐라고 생각해? 외계 생명체를 상대로?"

연달아 들어온 대답하기 어려운 질문에 잠시 말문이 막혔지만, 빠르게 국도를 달리는 자가용처럼 머릿속을 빠르게 정리해서 대답했다.

"사실은 저도 최근에 한 생각이라, 우리가 무엇을 할 수 있을지, 그리고 내가 무엇을 할 수 있을지 계속 궁리하고 있는 중이에요. 아직 명확한 답은 안 나왔지만, 그리고 이제 이틀 밖에 시간이 안 남긴 했지만, 곧 발견할 수 있으리라 믿고 있어요."

"일개 소시민인 우리가 지구 밖에 있는 저 어마어마한 외계 생명체를 상대로 할 수 있는 일이 있다고 믿다니, 어떻게 그런 믿음을 갖게 됐는지 궁금하다. 종교적인 믿음인가?"

정말 궁금한 건지 빈정대는 건지 구분하기 어려운 말투로 기훈 오빠가 말했다.

"아직 구체적으로 뭘 할 수 있을지도 모르면서 아까 나한테 그렇게 정색하고 말했던 거야?"

옆자리에 있던 보민이 내 쪽으로 고개를 돌린 채 헛웃음을 터뜨리며 말했다.

"아까는 감정이 좀 격해져 있던 상태라 그렇게 쏟아 낸 것 같아. 미안해." 내가 말했다.

"아니야, 괜찮아. 그 덕분에 우리 언니한테 널 소개시켜 줄 수 있게 됐으니 잘됐지. 언니한테는 미안하지만, 솔직히 이틀 뒤에 정말 죽을지도 모르는데 남은 시간 동안 하고 싶은 거 하고 놀고 싶은 거 하면서 시간 보내고 싶었거든. 한번 그런 생각이 떠오르니까 삿포로에 가고 싶은 마음도 별로 안 들고. 그래서 나 대신 네가 가는 편이 훨씬 좋겠다 싶었어. 어차피 너도 일본어는 잘할 테니까." 보민이 말했다.

"근데 지민이 시간은 괜찮아? 오늘 출발해서 2박 3일 삿포로에 가는 일정인데. 비행기표랑 숙박은 예약해 뒀으니 너 개인 용품만 준비하면 되고. 아, 비행기표는 양도가 안 될 테니 취소하고 새로 예매해야겠구나." 승아 언니가 말했다.

"오늘 출발한다고요?"

"이제 세 시간쯤 뒤에 출발하니까 얘네들 적당한 곳에 내려 주고 바로 공항 가면 되겠다. 아니구나. 여권 가져와야 하니까 너네 집에도 잠깐 들러야겠네. 여권은 있지?"

여권이 있긴 있는데, 잠깐만 잠깐만, 오늘 당장 이렇게 삿포로에 간다고? 이게 맞나? 오늘은 탁구 대회 끝나고 회식할 생각으로 알바를 휴무로 잡긴 했지만, 내일도 모레도 출근해야 하는데. 만약 삿포로행을 결정하면 가게에 전화해서 갑자기 일이 생겨 이틀 동안 못 나간다고 해야 하는데…… 이게 맞나? 외계 생명체를 상대로 우리가 할 수 있는 일을 왜 굳이 삿포로까지 가서 해야 하지? 한국에서는 할 수 없는 일인가?

내가 아무 말 없이 고민하는 듯한 얼굴로 있자 옆자리에 있던 보민이 입을 뗐다.

"너무 갑작스럽지? 집 앞 편의점에 다녀오는 것도 아니고 오늘 당장 삿포로에 가라니. 너도 당연히 일정이 있을 텐데. 안 되면 내가 가면 되니까 무리해서 갈 필요는 없어."

"나도 지금 삿포로에 가서 해야 할 일들로 머릿속이 가득해서 지민이 일정을 고려 못 했네." 승아 언니가 말했다.

"저희가 할 수 있는 일이, 꼭 삿포로에 가야만 할 수 있는 일이에요? 한국에서는 못 해요?" 내가 물었다.

"진작 통일이 됐으면 백두산 쪽에 가서 하면 좋았을 텐데, 남한은 위도가 낮아서 안 되고, 아니, 안 될 건 없겠지만 확률이 낮은 편이라고 해야 할까. 당장 갈 수 있는 지역 중에 위도가 가장 높은 곳이 삿포로라서 그쪽으로 가는 거야. 보민이가 일본어를 할 수 있어서 선택하기도 했고." 승아 언니가 말했다.

확률이 낮다? 위도가 높다? 이게 무슨 말이지?

"삿포로에 가면 오로라를 볼 수 있거든." 기훈 오빠가 덧붙였다.

"오로라요?" 내가 말했다.

"야 채기훈, 내가 단순히 오로라 보겠다고 거기까지 가는 거 아니라고 말했잖아. 우리 눈에 황홀하게 보이긴 하지만 오로라는 어떤 원인에서 기인한 과학적인 현상일 뿐이라고. 그걸 이용해야 한다고." 승아 언니가 말했다.

"어쨌거나 황홀한 현상이 팩트인 건 맞잖아." 기훈 오빠가 대꾸했다.

"우리 눈으로 보기에 황홀한 현상이 맞긴 맞는데…… 아니다, 됐다 됐어. 말을 말자." 승아 언니가 말했다.

"오로라 보면서 삶을 마무리하는 것도 나름 낭만적이고 좋겠네." 기훈 오빠가 다시 말했다.

"그럴 일 없으니까 걱정 마시지. 오로라와 함께 우리 삶은 계속 지속될 테니까." 승아 언니가 다시 말했다.

"지민이는 더 모르겠다는 표정인데. 자세한 이야기는 언니랑 같이 가면서 듣는 게 좋겠다. 너무 황당한 얘기라서 나도 한 번 듣고는 제대로 이해하기 어려웠거든. 두 번 듣는다고 명확히 이해한 것도 아니지만. 물론 그 전에 너 일정이 맞아야 한다는 조건이 필요하겠지." 보민이 말했다.

나는 생각했다. 며칠 전 외계 생명체가 인류를 전멸시키겠다는 통보를 해 왔고, 앞으로 디데이까지 남은 날은 고작 이틀. 손목에서 거미줄을 쏠 수도 없고 엄청나게 빠른 속도로 달릴 수도 없는 나는 어떻게 해야 할까. 하늘을 나는 함대를 만들 수 있는 과학기술도 없는 지구인들은 무엇을 할 수 있을까. 내가 할 수 있는 일을 찾아내야 하는데. 그렇게 생각하고 있었더니 삿포로에 가면 우리가 할 수 있는 일이 정말로 존재한다는 말을 들은 것이다.

문득 이런 의문도 들었다. 이번 사건이 외계 생명체와의 퍼스트 콘택트라고들 하는데 정말로 그럴까? 과거에는 없었다고 단언할 수 있을까. 가벼운 해프닝으로 끝났기에 기록되지 않았을 수도 있고, 어딘가에 기록되었지만 시간이 흐르는 동안 더 중요한 기록들이 주목되면서 묻혀 버렸을 수도 있다. 기록에는 남겠지만 그 사건들이 전부 역사적인 사건이 되는 것은 아니다. 게다가 자신의 삶에 직접적인 피해가 발생하지 않는 한, 사람들은 의외로 많은 것들을 쉽게 망각한다. 그것도 진화의 일부라면 일부일 수 있겠지.

만약 몇십 년 전 과거에 외계 생명체가 나타났다면 그 사실이 티브이를 통해 전 세계 사람들에게 전해졌을 테고, 그보다 더 이전의 과거라면 라디오를 통해 전 세계 사람들에게 전해졌을 것이다.

대중매체의 역사 수업 시간에 배웠던 것 같다. 20세기 중반쯤이었나, 미국에선 외계인이 쳐들어온 상황을 방송 사고처럼 가장해서 생방송으로 내보낸 적이 있다는 이야기. 하지만 우리가 배운 사실을 진실이라고 믿을 수 있을까. 어쩌면 방송 사고가 사후에 꾸며낸 이야기고, 외계인이 지구에 쳐들어왔던 일이 실제로 일어난 일일 수도 있지 않을까. 그들을 무사히 진압했기 때문에 그런 가공된 역사가 여전히 수업 시간 교재에 남아 있는 것이 아닐까. 너무 황당한 생각이려나.

엊저녁에 우연히 만난 루리코는 내가 외계인을 상대로 할 수 있는 일을 스스로 발견할 수 있다고 했고, 그때 이후 나는 정말로 주술에 걸린 사람처럼 내가 외계인을 상대로 할 수 있는 일이 있다고 믿고 있어.

오늘 오전에 아빠가 보낸 문자메시지도 마찬가지야. 힘없는 엘프족 소녀 한 명이 오크족 군대를 무찌르고 자기 종족을 구할 수 있었다는 이야기. 나는 이 일에 대해 진지하게 고민하기 시작했고, 별안간 호수의 죽음을 알게 됐고, 무의식적으로 봉안당에 오게 됐고, 우연인지 필연인지 보민과 만나게 됐고, 보민에게 정색하면서 이런저런 말들을 쏟아 냈고, 이제는 삿포로에 가자는 제안을 받았어. 인류를 구하기 위해서, 한 명의 개인으로서 할 수 있는 일을 하기 위해서.

계속 생각하고 믿었기 때문에 이런 일이 일어났을까. 우연으로밖에 볼 수 없는 일도 있지만, 내 선택에 의해 발생한 일도 있고, 무엇보다 보민과 만나 평소처럼 안부 인사만 하고 헤어졌다면 승아 언니와 만날 일도 없었을 테고 보민이 나에게 그런 제안을 할 일도 없었겠지.

그렇다면 가야 하지 않을까. 가는 게 맞지 않을까. 우연이 겹쳤을지언정, 이건 내가 선택한 행동으로 발생한 일이니까.

그래, 이제 나는 더 이상 내일 지구가 멸망하더라도 오늘 한 그루의 사과나무를 심겠다는 세계에 살고 있지 않고, 살고 싶지도 않아.

이제 나는 내일 지구가 멸망한다면 지구가 멸망하지 않는 방법을 찾기 위해 애쓰는 세계에 살게 됐어. 가능하면 그런 세계에 살고 싶어. 이미 그런 세계에 사는 사람으로 오가와 루리코가 있고 지금 내 앞에서 운전하고 있는 승아 언니도 있어.

나와 같은 생각을 하는 사람은 내 주위뿐 아니라 전 세계에 수십 명, 수백 명, 아니 어쩌면 수천 명, 수만 명이 있을지도 몰라⋯⋯!

끝으로 치닫는 D-2

　전철역 근처에서 기훈 오빠와 보민이 먼저 내렸다. 보민은 사흘 뒤에도 계속 살아 있다면 다 같이 모여 밥 한번 먹자는 말을 남기며 차에서 멀어져 갔고, 나만 승아 언니의 차에 남아 우리 집으로 향했다.

　집에 도착하자마자 책상 서랍에서 여권을 꺼냈고, 승아 언니가 알려 준 대로 옷장에서 목도리와 장갑, 털모자 등 방한 용품과 겉옷, 속옷, 내복, 양말을 챙겨 백팩에 넣었다. 파우치에 로션과 립밤, 선크림, 칫솔, 세면도구 등을 챙겨 넣고 백팩 앞주머니에 핸드폰 충전기와 보조배터리와 아이패드 미니까지 쑤셔 넣은 뒤 입고 있던 운동복을 벗고 청바지와 티셔츠로 갈아입고 나서 두꺼운 패딩 점퍼를 입었다. 이것으로 딱 14분

만에 삿포로 여행 준비 완료.

차를 타고 오며 마음을 다잡기는 했으나 짐을 싸고 나니 다시 한번, 이게 정말 맞는 일일까, 이렇게 즉흥적으로 살아도 되나, 아무리 외계인에 맞서서 내가 할 수 있는 일을 한다는 명분이 있다고는 하지만, 오늘 처음 만난 사람과 무려 2박 3일 동안 함께 여행을 간다니, 그것도 국내가 아니라 해외로, 심지어 여행 준비는 15분도 안 걸려서 끝내 버리고, 물론 처음 만났다고는 해도 1학년 때부터 알고 지낸 보민의 친언니기에 생판 남이라고는 할 수 없지만, 아무리 그래도 이렇게 갑작스럽게 결정을 내려도 괜찮을까, 엄마에게도 심지어 서희에게도 한마디 하지 않은 채 이렇게 훌쩍 떠나 버려도 괜찮을까, 가는 길에 메시지를 남기거나 전화 통화를 하면 되긴 하지만, 그러면 라멘집 점장님이나 부점장님에겐 뭐라고 둘러대야 할까, 아프다고 할까, 감기에 걸렸다고 할까, 탁구 치다가 발목을 접질려서 이틀 정도 쉬어야 한다고 말할까, 아니면 솔직하게 외계 생명체로부터 인류를 구하기 위해 머나먼 외국으로 나가 사투를 벌이고 올 테니 사흘 뒤 뵙겠습니다……라고 했다간 헛소리 집어치우고 당장 튀어오라고 말하려나, 하는 두서없는 생각들이 머릿속을 빠르게 달음박질치고 있는 순간, 똑 똑 똑, 문 두드리는 소리가 났고, 급하게 신발을 벗어제친 탓에 뒤로 튕겨 나간 신발이 문틈에 끼어 제대로 닫히지도 않은 문을 열고 승아 언니가 나타났다.

"짐은 대충 다 쌌지? 얼른 출발하자."

나는 백팩을 메고 승아 언니를 뒤따랐다.

준비를 서두른 것에 비해 도로 사정이 양호해서 출발 시
간까지 두 시간 정도 남기고 여유롭게 공항에 도착, 예매했던
항공사 부스로 달려가 곧장 삿포로행 좌석 여분이 있는지 확
인, 다행히 몇 석 남아 있어 기존에 예매했던 보민의 표를 취
소하고 내 표를 다시 예매했다. 이틀 전에 했던 예매라 비행
기표 가격에는 차이가 없었지만 취소 수수료가 붙었다. 둘 다
백팩만 메고 있었기에 곧바로 발권하고 수화물 검사 및 출국
심사를 마친 후 출국장으로 들어와 출국 게이트에 있는 빈
의자에 앉았다.

커다란 차창 밖으로 보이는, 새삼 새롭게 느껴지는 늦은 오
후의 파란색 하늘, 하얀색 뭉게구름, 가까이에서 느리게 움직
이는 비행기들과 그 아래에서 바쁘게 움직이는 사람들, 혹은
멀리 활주로에서 빠르게 가속하고 있는 비행기들.

조금은 여유로워진 마음으로 이런 모습들을 바라보고 있
노라니 정말로 일본 여행을 하는구나, 하는 생각이 들었다.
하지만 곧바로, 여행을 한다기보다는 한국을 떠난다고 하는
게 맞는 것 같아, 라는 생각으로 바뀌었다. 그러나 이 생각도

다시 한번, 한국을 떠난다기보다는 한국을 구하고 더 나아가 인류를 구하기 위해 움직이고 있어, 라는 마지막 생각에 이르게 되었다.

그리고 그즈음이 돼서야 오늘 오전부터 연달아 발생한 돌발적인 상황 탓에 잔뜩 경직돼 있던 몸의 긴장이 풀렸는지 꼬로로로로록, 하는 우렁찬 소리와 함께 극도의 허기가 밀려왔다. 돌이켜 보면 아침에 집에서 나온 이후 먹은 것이라고는 탁구 칠 때 마셨던 물 몇 모금과 봉안당에서 승아 언니가 준 유자차 한 잔뿐. 옆자리에 앉아 있던 승아 언니가 내 배에서 난 소리를 듣고 슬쩍 미소 짓더니 말도 없이 자리를 떴다가 잠시 후 하얗게 포장된 김밥 한 줄과 사이다 캔을 사다 주었다.

"생각해 보니까 점심도 못 먹었겠다. 일단 이걸로 허기라도 채워. 목적이 있어서 가긴 하지만, 해외여행으로 생각할 수도 있으니 삿포로에 도착하면 맛있는 음식 많이 먹어야지."

"언니는 안 드세요?"

"난 점심 먹어서 이거 한 잔이면 충분해."

승아 언니는 그렇게 말하며 손에 쥐고 있던 아이스라테를 들어 올렸다.

"고맙습니다. 잘 먹을게요."

그 자리에서 맛있게 김밥 한 줄을 다 먹고 나서, 쓰레기를 버리고 자리로 돌아가는 길에 그제야 생각이 나서 핸드폰을 확인해 보았다. 서희와 호영에게 몇 개의 메시지가 와 있었고, 부재중 통화도 여러 통 들어와 있었다.

어떻게 해야 하지, 전화가 시작되면 지금 내가 어디에 가서 무얼 하려는지 말할 수밖에 없을 텐데, 서희 목소리 들으면서 거짓말하긴 어려울 테니까, 거짓말해 봤자 금세 들통날 테고, 지금으로선 전화 통화만으로 내 모든 상황을 명료하게 전달하기도 어려울 것 같아.

잠시 자리에 서서 고민하다가 결국 메시지만 남기기로 했다.

뭐라고 하면 좋을까. 어떻게 지금 상황을 설명하면 좋을까.

고심하던 중 아이디어가 하나 떠올랐다.

승아 언니를 사촌 언니라고 해도 괜찮지 않을까. 어린 시절에 친하게 지내던 사촌 언니에게 오랜만에 연락이 왔다고 하자. 언니도 삶에 치여 사느라 최근 몇 년 동안 얼굴도 못 봤는데, 외계인 이슈도 있고 마침 오랜만에 연락을 해 왔다, 원래는 자기 친구와 단둘이 여행을 가기로 했는데 친구에게 일이 생겨서 못 가게 됐고, 시간이 되는 내가 대신 가기로 했다, 중간중간 연락 남길 테니 내 걱정은 하지 않아도 된다.

좋아, 이렇게 보내면 되겠다.

그런 상상을 하고 나니 승아 언니가 정말로 어린 시절 친하게 지냈고 한동안 연락이 끊겼다가 오랜만에 다시 만난 사촌 언니처럼 느껴졌다. 승아 언니가 있는 곳을 바라보았다. 언니는 아까와 같은 좌석에 허리를 꼿꼿이 펴고 앉아 주변을 둘러보거나 핸드폰을 보거나 했다.

나는 짧은 시간 안에 그럴싸한 스토리를 만들어 냈다는 데 뿌듯한 마음이 들었는데, 내용을 정리하며 메모장에 문장을 다듬고 있는 순간 호영에게 갑자기 전화가 걸려 왔고 빠르게 자판을 누르던 기세 탓에 그만 의도치 않게 통화 버튼을 누르고 말았다. 곧바로 호영의 목소리가 들려왔기에 다짜고짜 끊을 수도 없는 노릇이었다.

"어, 여보세요! 야, 최지민! 너 어디야? 봉안당에 있었던 거 아니야? 호수 형…… 아까 동아리 사람들이랑 다 같이 거기 다녀왔는데. 전화는 왜 안 받아? 서희 전화도 안 받고. 다들 지금 엄청 걱정하고 있는데……."

호영은 내가 핸드폰을 귀에 갖다 대기도 전에 몇 시간 동안 쌓인 말들을 우다다다 쏟아 냈지만 내가 아무 말도 하지 않자 잠시 입을 다물었다.

탁구에 대한 승부욕 말고는 평소 감정적인 모습을 잘 드러내지 않던 호영이 순간적으로 자신의 감정을 분출했다는 사실을 아주 잠깐의 시간 동안 깨달을 수 있었다. 눈물이 맺힐 것 같아 핸드폰을 귀에 댄 채 살짝 고개를 들어 차창 밖 하늘을 바라보았다. 호영 역시 자신이 흥분했다는 사실을 인식했는지 잠시 후 차분해진 목소리로 다시 말했다.

"지금 내가 하는 말 듣고 있지?"

"어, 듣고 있어."

"좀…… 괜찮아?"

"……괜찮아."

"말이라도 그렇게 해서 다행이다."

"그러잖아도 이제야 핸드폰 확인하고 너랑 서희한테 문자 보내려 하고 있었어."

"그랬구나. 형사들이랑 이야기는 잘 됐고?"

"별일 없었어. 이틀 뒤에 내가 다시 연락한다고 했어."

"오래 산 것도 아닌데 참 희한한 일이 다 있다."

"정말 오늘 황당한 일들이 너무 갑작스럽게, 그것도 연달아 생기는 바람에 정신이 없었어."

"어쨌거나 다행이다."

"지금은 혼자 있어? 동아리 사람들은?"

"방금 막 다 헤어졌어. 너 갑자기 형사들이랑 그렇게 나가고 나니 술자리 회식을 하기도 뭣해서 그냥 점심만 간단히 먹었어. 마침 네가 봉안당 주소 보내 줘서 다 같이 거기 다녀왔고."

"맞다! 탁구는 어떻게 됐어? 누가 이겼어?"

"결승전? 하하, 어떻게 됐을 거 같아?"

"나야 모르지. 얼른 알려 줘. 궁금하단 말이야."

"그렇게 알려 달라고 하니까 괜히 더 궁금하게 만들고 싶네."

"압, 문호영 이러기냐. 네가 이겼어?"

"누가 이겼을까. 근데 너 지금 어디야?"

"나? 지금 메시지로 오늘 상황 전해 주려 했었는데, 아무튼 자세한 사항은 전화 끊고 바로 메시지로 알려 줄게. 그것보다 얼른 시합 결과 알려 줘."

"그러면 나도 급할 거 없지. 메시지 받고 나서 알려 줘야겠다."

"에이, 치사하게. 서희한테 물어봐야겠다."

"서희한테는 전화 안 할 거지?"

적당한 강도로 드라이브를 주고받듯 대화를 나누던 중 갑작스럽게 변칙적인 컷 같은 질문이 들어와 말문이 막히고 말았다. 그리고 둘 다 입을 다문 그 순간, 탑승객을 찾는다는 탑승장 내 안내 멘트가 울려 퍼졌기에 더더욱 당황하고 말았다. 어차피 여행 다녀오겠다는 메시지를 보내려고 하긴 했지만 설마 이런 식으로 내 위치가 노출될 줄이야.

호영은 내가 당황했다는 걸 알아챘는지 앞서 자기가 던진 질문에 스스로 대답하며 통화를 이어 갔다.

"왠지 그럴 것 같았어. 내 전화는 문자 보내던 중에 얼떨결에 받은 것 같고."

"뭐야, 설마 CCTV 통해서 내 모습을 지켜보고 있기라도 한 거냐?"

나는 실제로 주위를 두리번거리며 속마음을 들키지 않으려 뒤늦게나마 조금 과장된 말투로 말했지만 발연기가 먹힐리 없었다.

"어디 가는지 모르겠지만 잘 다녀오고, 갔다 와서 탁구나 한판 치자."

"그래, 고마워. 문자 보낼게."

"꼭 보내라!"

"당연하지!"

전화를 끊고 나서야, 결승전 결과 못 들었다, 하는 생각이 들었지만 그냥 호영이 이겼으리라 멋대로 상상했다. 그리고 원래 서희에게만 보내려 했던 메시지를 복사해 조금 수정하여 호영에게도 보냈다.

엄마에게도 메시지를 보내야 하나 말아야 하나 잠시 고민했으나 엄마에게 사촌 언니 거짓말이 통할 리 없고 굳이 먼저 이야기할 필요는 없을 것 같아 하지 않았다. 연락이 오면 삿포로에서 상황에 맞춰 통화를 하든 메시지를 보내든 하면 될 것이다.

자리로 돌아가자 얼마 후 탑승이 시작되었고, 늘어선 줄 뒤에 승아 언니와 함께 따라 섰다가, 그나저나 이 사람들 중

예전부터 비행기표를 예매해 둔 사람은 얼마나 되고 최근에 예매한 사람은 얼마나 될까, 최근에 예매한 사람은 오로라를 보기 위해 가는 걸까 아니면 삿포로가 고향이라서 가는 걸까, 그도 아니라면 인류의 멸망을 믿기 때문일까, 그래서 그전에 가족들과 함께 시간을 보내기 위해서 돌아가는 걸까, 혹시 우리처럼 외계 생명체에 맞서 무언가 하기 위해 가는 사람도 있을까 같은, 진심으로 궁금하지는 않지만 한 번쯤 가볍게 물어보고 싶기도 한 질문들이 우후죽순으로 떠올랐다가 떠오르기가 무섭게 가라앉았다.

그 이후, 설명 버튼이라도 누른 듯 쏟아져 나오는 승아 언니의 과학 이야기가 시작되었다. 귀를 닫을 수는 없었다. 물리적으로도, 심정적으로도. 거기엔 우리가 삿포로로 향하는 이유가 담겨 있었기 때문이다.

"태양은 지구로부터 약 1억 5천만 킬로미터 떨어져 있어. 이렇게만 들으면 태양과 지구 사이의 거리가 얼마나 되는지 실감이 잘 안 날 테니 이해하기 쉽게 계산해 보자. 1억 5000만 킬로미터라는 거리는 시속 100킬로미터로 달리는 자동차를 타고 가면 150만 시간이 걸리는 거리야. 이걸 다시 일수로 계산해 보면 대략 6만 2500일이고, 이걸 다시 연수로 환산해 보면 171년이라는 결과가 나와. 결국 1억 5000만 킬로미터라는 거리는, 시속 100킬로미터로 달리는 자동차를 타고 쉬지 않고 가면 약 171년 정도 걸리는 거리라고 할 수 있어. 이제 태양이 지구에서 얼마나 멀리 떨어져 있는지 조금은 실감이 나지? (멀다······.)

이렇게 먼 거리에 떨어져 있는 태양이지만, 너도 알다시피 태양이 지구에 미치는 영향력은 어마어마하지. 비가 오거나 구름이 끼지 않는 한 매일 볼 수 있는 태양이야. 하지만 우리는 아직 태양에 대해서 아는 게 많지 않아. 태양도 지구처럼 자전한다는 사실은 알고 있어? 자전은 물론 공전도 하고 있어. 일단 자전에만 포커스를 맞춰서 말해 볼게. 태양은 유체 형태, 즉 액체나 기체처럼 자유롭게 흐르는 형태이기 때문에, 고체 형태인 지구와 달리 적도 쪽 자전 속도와 극지방 쪽 자전 속도가 달라. 원심력이 더 강하게 작용하는 적도 쪽 속도가 더 빠르지. 자전 주기로 따지면 적도 쪽은 약 25일, 26일에 한 바퀴를 돌고, 극지방 쪽은 약 33일, 34일에 한 바퀴를 돌아. (그렇구나.)

이 부분은 내용이 좀 까다로우니 사실 관계만 간략하게 언급하자면, 위도의 차이에 따른 자전 속도의 차이가 강한 자기장을 만들어 내고, 이 자기장이 태양의 대류 운동을 방해하면 주변보다 상대적으로 온도가 낮아지는 부분이 형성되거든? 그게 바로 흑점이야. 온도가 낮아진다고 해도 기본적으로는 4000도에서 5000도 정도라 굉장히 밝지만, 주변의 평균 온도 6000도와 비교하면 상대적으로 낮기 때문에 어둡게 관측되지. (흑점 입장에선 좀 억울할 것 같네.)

흑점의 수는 대략 11년을 주기로 많아졌다가 적어지기를 반복하는데, 흑점이 많아지는 극대기에 태양은 더 왕성한 활동을 해. 이 시기에 태양 표면에서는 엄청난 빛과 에너지가 분출되고, 그걸 태양 플레어라고 해. 보통은 흑점이 폭발하면서 플레어가 일어난다고 할 수 있어. (억울해서 폭발했을 수도⋯⋯.)

태양 표면에서 발생하는 이러한 플레어는 핵무기 한 개 위력의 100만 배에 달하는 엄청난 에너지와 X선과 자외선 등을 뿜어내고 다양한 고에너지입자를 대량으로 방출하지. 이런 것들이 한꺼번에 우주로 분출되는 현상을 태양풍이라고 해. 태양풍은 보통 초속 450킬로미터 정도로 뿜어져 나오는데 흑점이 많아지는 극대기에는 초속 800킬로미터까지 올라가기도 해. 이런 태양풍은 태양폭풍이라고도 부르고. (태양태풍이라고 부르면 이상한가?)

지구가 만약 이런 태양풍을 그대로 맞으면 어떻게 될까. 지구에선 그 어떤 생명체도 살기 어렵겠지. 하지만 지구에는 지구자기장이라는, 일종의 보호막 같은 공간이 있고, 그래서 우리는 태양풍을 막으면서 동시에 태양에너지를 이용해 삶을 윤택하게 할 수 있어. 자기장은 보통 자석에 생기는 현상이니까, 지구도 일종의 커다란 자석이라고 할 수 있지. (자석 짱! 자기장 짱!)

막대자석에 쇳가루 같은 걸 뿌리면 N극이랑 S극 쪽에 쇳가루가 모이고 중간 부분은 둥그렇게 떨어져 있는 이미지, 중고등학교 시절에 과학 교과서에서 본 적 있지? 지구자기장 역시 마찬가지야. 지구자기장은 극지방으로 갈수록 급격하게 구부러지는 형태고, 그래서 북극과 남극에서는 적도나 중위도에 비해 자기권이 엷게 형성돼. (그러고 보니 예전에도 왜 그럴까에 대해선 생각을 안 해 봤네…….)

앞서도 말했듯 흑점이 폭발하며 발생하는 태양풍은 지구의 자기장에 가로막혀서 대부분 들어오지 못하지만, 상대적으로 자기장이 엷은 북극과 남극에서는 태양풍이 어느 정도 지구 대기권 안으로 들어오거든. 그리고 대기 속에 있는 각종 분자들과 충돌하면서 빛이 발생하게 되지. 이때 생기는 현상이 바로 오로라야. 대기 중에는 다양한 종류의 대기 분자들이 있는데 태양풍이 산소 분자와 부딪치면 붉은빛이나 녹색빛을 띠게 되고, 질소 분자와 부딪치면 보랏빛을 띠게 되지. (그 예쁜 오로라를 곧 볼 수 있겠구나.)

자, 지금까지 흑점 폭발에서 태양풍, 지구자기장, 오로라까지 간략하게 알아봤고, 이제부터 본격적인 이야기를 해 보자.

(아직 도입이었던 거야?!)

외계 생명체 이슈가 너무 막강해서 모든 언론사 뉴스 기사며 방송이며 유튜브 영상까지 그쪽 관련 이야기만 나왔지만, 우리 쪽 연구자들은 외계 생명체의 등장과 함께 발생한 갑작스러운 태양 플레어에 주목하지 않을 수 없었어. 이번 플레어는 흑점 AR2848이 폭발하면서 발생했는데, 흥미로운 사실은 이 흑점이 그전까지는 전혀 폭발의 기미를 보이지 않았다는 점이야. 그래서 외계 생명체가 가마 특이점을 통과해 태양계 쪽으로 진입해 온 것이 원인이 되어 발생한 일이라 추정하고 있어. 아쉽게도 우리 과학 레벨로는 가마 특이점이 존재하는지 확인할 수 없으니 그저 추정이나 추측이라고밖에 말할 수 없지만. (가마 특이점이란 말을 들을 때마다 자꾸 내 머리의 가마를 만지작거리게 돼…….)

이번 흑점 폭발로 플레어가 일어나고 태양풍이 발생했는데 추정 속도가 대략 초속 250킬로미터야. 일반적인 태양풍보다는 조금 느린 편이지. 이 태양풍은 발생 시기로부터 대략 일주일 뒤, 그러니까 지금 시점에서 보면 약 이틀 뒤에 지구에 도달하게 돼. 흥미롭지 않아? 외계 생명체가 인류를 멸망시킨다고 한 시점과, 태양풍이 지구에 도달하는 시점이 겹친다는 사실이. 그리고 흑점이 폭발한 시점과 외계 생명체가 태양계에 진입한 시점이 겹친다는 사실이. (인터레스팅!)

아까 태양풍이 지구자기장의 약한 부분인 극지방을 통해 들어오면서 대기 내 기체 분자들과 부딪히며 오로라를 발생시킨다고 했잖아? 보통은 그런데, 이번처럼 태양 플레어가 강력할 때면 태양풍이 극지방뿐 아니라 중위도 지역까지 내려올 수도 있어. 그런 이유로 삿포로 같은 중위도 지역에서도 오로라를 볼 수 있지. (조금만 더 내려왔으면 우리나라에서도 볼 수 있었을 텐데…….)

지금까지 이번에 발생한 흑점 폭발과 태양풍, 그리고 외계 생명체와의 관련성에 대해 추측과 추정을 섞어서 이야기했는데, 이제 외계 생명체가 어떻게 인류를 멸망시키려는지에 대해 추측과 추정을 섞어서 말해 볼게."

두 시간 40여 분의 비행을 마치고 신치토세 공항에 도착했을 때는 이미 밤이었다.

빠르게 입국 심사를 마치고 나와 국내선 터미널로 이동하여 지하 1층에서 JR 쾌속열차에 탑승했고, 이후 삿포로역에 도착하여 도보로 5분 정도 걸리는 호텔로 향했다. 중간중간 안내 표지판도 잘 돼 있었고, 승차권 발매기에는 한국어 메뉴 설정도 가능했기에 일본어 구사자로서 내가 해야 할 역할은 거의 없었다. 아무리 비행기 티켓이며 숙소며 이미 다 결제해 뒀으니 몸만 가면 된다고는 해도, 더욱이 단순히 놀러

가는 것이 아니라 지구를 구해야 한다는 목적을 가지고 간다
고는 해도, 승아 언니에게 모든 비용을 지불하게 할 수는 없
었기에 출국하기 전 인천공항 내 은행에서 돈을 뽑아 건네려
했다. 그러자 언니가 단호하게 말했다.

"지민아, 너 지금 일하러 가는 거야."

"네?"

"우리 지금 삿포로까지 놀러 가는 게 아니라고."

"그건 알고 있는데, 그래도 돈이 들잖아요. 부족하겠지만
일단 조금은 드려야 할 것 같아서……."

"너 일본어 가이드도 겸해서 가는 거니까 사실은 내가 너
한테 돈을 줘야 해. 근데 동생 친구라서 무료로 부려 먹고 있
는데……. 양심의 가책을 느끼게 하다니."

"가이드라고 할 만큼 일본어를 쓸 일이 별로 없을 것 같아
서……."

"우리가 보험을 왜 들까? 미래에 어떤 일이 일어날지 모르
니까 들어 두는 거잖아. 미래를 대비하기 위해서. 일본 넘어
가면 곧바로 일본인들 만날 텐데, 그때 네 역할이 중요해지니
안심해도 돼."

내가 여전히 미심쩍은 얼굴로 있자 승아 언니가 다시 말
했다.

"좋아, 네가 부담 느낄까 봐 비밀로 하려고 했는데 말해 줘

야겠다. 사실 이거, 여러 사람에게 조금씩 후원받아서 가는 거야."

"후원을 받았다고요? 어떻게요?"

"우리가 하는 일에 참여하고 싶어 하는 사람들이 한국뿐 아니라 세계 곳곳에 있단 말이야. 하지만 이런저런 사정으로 직접 행동하기 어려운 사람들이 있고. 그 사람들이 십시일반으로 돈을 모았어. 그 돈으로 가는 거야. 그러니까 돈 걱정은 붙들어 매고 너는 네가 해야 할 일에만 집중하면 돼. 물론 나 역시 내가 할 일에만 집중하면 되고."

국가대표 선수들은 국민들이 내는 세금으로 운동을 하고 나라를 대표하여 올림픽이며 세계 선수권 대회에 나가 시합을 벌인다.

마찬가지로 나 역시 누구인지도 모르는 전 세계 사람들의 돈으로 삿포로에 가는 것이다.

인류를 구하기 위해서!

그렇게 생각한다고 당장 지구 대표가 된 듯한 기분은 들지 않았지만, 친구들과 해외여행 갈 때 공항에서 느껴지는 설렘과는 조금 다른 긴장감 같은 것이 느껴졌다. 물론 그 긴장감은 비행기에서 태양과 흑점에 대해 쉴 새 없이 설명해 준 승아 언니 덕에 누그러지긴 했다. 그리고 비행기에서 다 못 한 이야기들이 호텔로 향하는 동안 승아 언니의 입에서 비처럼 쏟아져 내렸다. 나는 우산이 필요했다.

"과학자가 되려면 무엇이 필요한지 생각해 본 적 있어? 사람마다 의견이 조금씩 다를 수는 있겠지만, 딱 세 가지만 꼽으라고 하면 그중 공통적으로 반드시 들어가는 것이 바로 호기심일 거야. 의심이라고 할 수도 있겠다. 보통 사람들이라면 당연하게 보고 넘어갈 무언가, 자연현상도 좋고, 생물의 모습도 좋고, 소위 말하는 진리라는 것도 좋은 그런 것들을 의심해 보는 거지. 어떤 대상이나 현상을 당연하게 받아들이지 말고 의문을 가지고 바라보기. 저 대상은 어떻게 해서 저런 형태를 갖추게 되었나, 이 현상은 어떤 이유로 발생했나. 그것이 정말 사실일까. (승아 언니가 왜 이런 이야기를 하는지 의문이다.)

그렇다면 이번 외계 생명체 사태에서 과학자로서 어떤 의문과 호기심을 가져야 할까. 일단 이들이 한 말 자체를 대전제로 둔다면, 그들이 했던 말 중 가장 큰 의문점은, 어떻게 일부 극소수의 인류만 남기고 그 수많은 사람을 단숨에 죽일 수 있느냐 하는 점이겠지. (그러니까!)

지금까지 나온 가설 중에는 시뮬레이션 우주 가설이 가장 유력해 보여. 시뮬레이션이란, 현실 세계의 수많은 현상을 컴퓨터 작업을 통해 그대로 모방한다는 의미잖아? 그러니 시뮬레이션 우주 가설이란, 현재 우리가 사는 세계가, 우리가 파악할 수 없는 다른 가상의 공간이나 먼 미래의 세계에서 시뮬레이션된 세계라는 가설이야. 하지만 이것이 가설에 머무를 수밖에 없는 이유는 현재 우리 과학기술로는 물리적으로 증명할 수 없기 때문이지. (과학기술의 발전이 시급하다.)

지금까지 나는 이 가설들에 대해서, 그렇게 볼 수도 있구나, 흥미로운 이론이야, 정도의 인식밖에는 하지 않았던 것 같아. 그러니 그 가설을 굳이 지지할 마음을 가진 적도 없고, 반대로 애써 배척할 마음이 든 적도 없어. (……)

하지만 외계 생명체의 발언 이후 시뮬레이션 우주 관련 영상이 급속도로 확산하는 모습을 보면서 이건 아니라는 생각이 들었어. 이 가설이 옳다면, 시뮬레이션된 세계 속에서 살아가는 우리가 할 수 있는 일이란 정말로 존재하지 않게 되니까. 외계 생명체가 99.9999퍼센트의 인류를 삭제하는 상황을 그저 지켜보는 수밖에 없게 되니까. (이제 슬슬 답을 알려 주세요.)

그보다는 우리가 할 수 있는 일이 존재하는 새로운 가설을 만들어 내는 편이 좋지 않을까. 그런 생각이 들었어. 물리 천문학 연구자로서, 더불어 지구를 사랑하고 우주를 사랑하며 그 속에 살아가는 우리의 삶을 사랑하는 한 명의 개인으로서. (좀 멋진데.)

그러다가 외계 생명체의 출현과 동시에 일어난 흑점 폭발에 주목했고, 그로 인해 발생한 태양풍이 지구까지 다다르는 시간이, 외계 생명체가 우리에게 부여한 일주일이라는 시간과 완전히 겹친다는 사실에 초점을 맞췄어. (!)

그 순간 어떤 아이디어가 떠올랐어. 연구자로서는 부끄러우니 차마 가설이라고는 말할 수 없는, 완전히 소설적 상상력이라고밖에 말할 수 없는 아이디어. (두구두구두구두구······.)

외계 생명체는 어쩌면, 태양풍을 이용해서 인류를 멸망시키려는 것이 아닐까. (?)

그런 발상이 떠오르고 나니까 그들이 우리에게 일주일이라는 시간을 준 이유가 납득이 되더라고. 그들은 우리에게 일주일이라는 시간을 부여한 것이 아니라, 그저 그 시간을 기다리고 있었던 거야. (??)

우리에게는 7일째 오전이자 미국에서는 6일째에서 7일째로 넘어가는 자정. 가장 강력한 태양풍이 지구에 도달하는 시간. 금성도 지구도 각각의 주기에 맞춰 태양 주위를 공전하고 있는데, 마침 이틀 뒤 그 시간대가, 금성과 지구가 가장 가까워지는 시간대이기도 해. 그들이 지구보다 태양에 더 가까운 금성에 있으면서 어떻게 태양풍의 영향에서 자유로운지는 알 수 없는 노릇이지만. (소설적 상상력을 발휘해도 알 수 없는 일들이 존재하지.)

어쨌거나 나는 이 아이디어가 마음에 들었어. 비록 과학자로서는 실격에 가까운 상상력이지만, 무엇보다 여기엔 우리가 살아 나갈 수 있는 돌파구가 있었으니까."

일본으로 건너오는 동안 틈틈이 누군가와 메시지를 주고 받던 승아 언니는 호텔에 들어와 가방만 바닥에 내려놓은 채 영어로 몇 차례 전화를 주고받더니 지금 호텔 앞에 누가 와 있다며 바로 나가야겠다고 말했다.

"이 시간에 누가요?"

"이틀 동안 우리의 발이 되어 줄 친구. 좀 늦었지만 일단 같이 저녁을 먼저 먹고, 그다음 해야 할 일을 하면 되겠다."

예상보다는 덜 추운 삿포로의 밤공기를 느끼며 호텔 밖으로 나가자 도로가에 정차 중인 택시에서 빵! 하는 클랙슨 소리가 났다. 승아 언니는 귀에 대고 있던 핸드폰을 끊더니 택시 쪽으로 다가갔고 나도 언니를 뒤따랐다. 택시 손잡이를 잡기 전에 자동으로 문이 열려 나는 뒷좌석에 앉았고, 언니는 앞문을 열고 조수석에 앉았다. 운전석에 앉아 있던, 작은 얼굴에 단발머리를 한 여성 택시 기사가 우리에게 준수한 한국어로 인사했다.

"안녕하세요, 승아 씨, 그리고 동생분. 이렇게 직접 한국인과 만나서 이야기 나누는 건 처음입니다. 저는 아카기 야에라고 합니다. 근무 시간만 아니었으면 공항까지 마중 나가고 싶었어요."

"아니에요. 늦은 시간에 이렇게 나와 주신 것만 해도 고마운데요. 저는 승아라고 하고, 이쪽은 원래 오기로 했던 제 동생의 친구, 지민이라고 해요."

"안녕하세요. 최지민입니다. 한국어 굉장히 잘하시네요."

"오늘 일하면서 인사말만 몇 번이나 연습했어요."

아카기 야에 씨는 여기까지만 한국어로 말하고 그다음부터는 나에게 통역을 부탁하며 일본어로 말했다.

"일단 근처에서 저녁을 먹고 모이와야마로 이동할까요?"

아카기 씨의 일본어를 승아 언니에게 통역하자 언니 역시 동의했다.

잠시 후, 우리는 스스키노에 있는 한식점에 도착했다. 맛있는 현지 음식을 먹겠거니 기대했는데 굳이 일본 삿포로까지 와서 한국에서도 늘 먹는 한식을 먹을 줄이야. 약간의 실망 섞인 눈빛으로 승아 언니를 바라봤더니 언니 역시 살짝 당황한 얼굴로 나를 보며 나도 몰랐어, 작게 속삭였다. 그런 우리의 반응은 눈치채지 못했는지 아카기 씨는 자신의 단골 가게라고 밝게 웃으며 안으로 안내했다.

가게에 들어가 아카기 씨는 빠르게 불고기와 된장찌개와 김치볶음밥과 양념통닭을 주문했다. 술을 못 마시기도 하고 어차피 운전을 해야 하는 아카기 씨는 미숫가루를 골랐고,

나는 우롱하이, 승아 언니는 홋카이도산 와인을 선택했다. 그나마 음료를 일본식으로 고르는 것이 우리가 할 수 있는 최선이었다.

"혼자서 자주 오는 맛있는 한국 음식점인데, 이렇게 한국 분들께 소개할 수 있어 기뻐요."

음식이 나오는 동안 들은 이야기에 따르면, 아카기 야에 씨는 내일 만나기로 한 통신공학 연구자 와타나베 오사무 씨와 친분이 있는 사이였다. 와타나베 오사무 씨는 급변하는 통신 기술 환경에 발맞춰 급증한 학회 참석으로 일본 본토나 해외로 가야 할 일이 잦았고, 그만큼 공항까지 택시를 타고 갈 일도 늘어났다. 와타나베 씨는 올해 초 우연히 아카기 씨가 운전하는 택시를 타게 됐다. 지금까지 자신이 탔던 택시들과는 다른 안정감에 만족했기에 내릴 때 아카기 씨에게 명함을 받아 앞으로 택시 탈 일이 있으면 이쪽으로 미리 연락해서 예약을 하겠다고 했고, 그때부터 와타나베 씨는 아카기 씨의 단골이 되었다. 물론 와타나베 오사무 씨는 아카기 야에 씨가 하는 운전의 안정감뿐 아니라 신속함에도 매료되었다. 공항까지 가는 동안 시간 걱정 없이 학회 발표 준비에 집중할 수 있었다.

"일본에는 여성 택시 운전사가 많이 있나요?" 내가 물었다.

"아직까진 적은 편이에요. 제가 일하는 회사에는 약 스무 명 직원 중 저 포함 세 명밖에 없고. 근데 성별이랑 운전 실력이랑은 무관한 것 같아요. 제 자랑이라서 좀 부끄럽지만, 이 달의 드라이버 상을 여러 번 받아서 회사 내에서는 에이스로 통하거든요."

내가 그 말을 통역하자 언니가 말했다.

"왠지 그럴 것 같더라고요. 방금 여기까지 오는 동안 잠깐 탔을 뿐인데, 이분 운전을 참 잘한다, 본능적으로 느껴졌어요."

"정말로 고맙습니다. 기쁘네요."

"별말씀을. 그러면 와타나베 씨와는 택시 기사와 손님 관계로 알고 지낸 셈이네요?" 언니가 물었다.

"맞아요, 한 달에 한 번 정도 택시 예약 때문에 연락하다가, 와타나베 씨가 지지난달에 그동안 편안히 운전해 줘서 감사하다며 식사 자리를 제안해 주셨어요. 그 후로는 이따금 사적으로도 연락하며 지내고 있어요." 아카기 씨가 말했다.

곧 주문한 음식들이 하나하나 나오기 시작했다. 함께 나온 앞접시에 음식들을 조금씩 나누어 먹었다. 아카기 씨는 한국 드라마를 보면서 언젠가 한국 사람들과 한국 음식을 나눠 먹어 보면 좋겠다고 생각했는데 오늘 그걸 할 수 있어서 기쁘다고 했다. 보통은 혼자 오기 때문에 메뉴를 한두 개 정도밖에 못 먹는데, 동시에 여러 개를 맛볼 수 있어서 좋다는 말도 덧붙였다. 그래, 눈앞에 있는 사람이 이렇게 기뻐하는데 일본에 도착한 당일 한국 음식을 먹을 수도 있는 일이지.

음식은 과연, 방금까지의 내 실망감이 싹 사라질 만큼 맛있었다. 그래서 아카기 씨가 왜 단골이 됐는지, 한국 사람을 왜 여기에 데리고 왔는지 알 수 있을 정도였다. 승아 언니도 자기는 미각이 예민한 편이 아니라 어지간한 음식은 맛있게 잘 먹는 편인데, 이 가게의 음식들은 하나하나 맛있다고 호평했다. 아카기 씨는 홍조를 띠며, 이미 몇 번이나 반복했던 '우레시이'라는 말을 속삭이듯 말했다. 기쁘다는 의미였다.

주로 일본어로 말했지만 이따금 영어도 섞어 가면서 이어지던 대화는 차츰 우리가 일본에 온 목적을 상기시키는 방향으로 흘러갔다. 아카기 씨는 와타나베 씨에게 전해 들었기에 승아 언니와 내가 이곳에 온 이유를 알고 있었고, 해야 할 일도 구체적으로 알고 있었다. 직장 동료들이나 주변 지인들을 통해서 안 쓰는 중고 핸드폰을 모으거나 온라인에서 직접 구입하기도 했다고 말했다. 승아 언니 또한 일본 중고 사이트를 통해 중고 핸드폰을 구입해 와타나베 씨 주소로 보내 뒀다고 했다. 마침내 둘의 입에서 중고 핸드폰 이야기가 나왔다. 나는 승아 언니가 삿포로역에서 호텔까지 걸어가는 동안, 그리고 호텔 카운터에서 체크인을 기다리는 동안 해 준 이야기를 떠올렸다.

"태양풍이 강해지면, 자연히 지구자기장에 붙잡히는 하전 입자의 수도 많아져. 이렇게 되면 대기권에 강력한 지자기 유도전류가 흐르게 되고, 이것이 지상의 전력 시스템에 영향을 미치기도 해. 송전망의 전력 송신 체계를 방해해서 정전 사태를 유발할 수 있다는 말이지.

실제로 1980년대, 1990년대에 송전 시설이나 전력 발전소에 영향을 미쳐서 대규모 정전 사태가 발생한 적이 있어. 그래서 교통이 마비되거나 전기 기반의 난방이 끊기는 등 피해를 입은 적이 있지. 2000년대에도 태양풍으로 인해 변압기가 파손되는 일이 일어난 적 있고.

이뿐만이 아니야. 태양풍에 의해 다량으로 유입된 X선이나 고에너지 입자가 각종 무선통신 시스템에 피해를 일으킬 수도 있어. 태양풍이 지구로 들어오면서 우리가 사용하는 전파의 속도를 늦추거나 전파의 경로를 굽히는 현상이 발생하면서 비행기 통신 장애가 일어나기도 하고, GPS를 이용하는 네비게이션 오류가 발생하기도 해.

그리고 내 가설, 아니 나의 상상은, 이 지점에서 그야말로 나래를 펼치지. 태양풍에 의해 무선통신 시스템이 피해를 입게 된다면, 그 무선통신 시스템을 이용하는 우리 또한 피해를 입을 수 있지 않을까?

단순히 우리가 무선통신 시스템을 이용할 수 없게 된다는 말이 아니야. 외계 생명체가 태양풍에 어떤 '전파 무기' 같은 것을 함께 날려 보내면, 그것이 지구에 도달해 무선통신 시스템을 이용하는 사실상 대부분의 인류에게 안 좋은 영향을 미칠 수도 있다는 말이야.

아마존 열대우림 같은 지역에 사는, 무선통신이나 전자 장비가 전혀 없는 전 세계 정말 극소수 부족민들을 제외하면, 이들의 수가 8000명쯤 되지 않을까 싶기도 한데, 거의 대부분 인류는 항상 라디오나 티브이, 핸드폰 등 무선통신이나 전파 시스템을 이용하면서 살고 있으니까.

말했다시피 이건 과학적 가설이 아니라 소설적 상상력이야. 인류가 멸망하기 직전까지 우리가 할 수 있는 무언가를 발견하기 위한 상상력.

나는 과학자로서의 자의식은 억누른 채 이 상상력을 믿기로 했고, 내가 어떤 일을 할 수 있을지 궁리했고, 세계 곳곳에서 비슷한 고민을 하는 사람들과 의견을 주고받았어. 이 상상이 사실인지 아닌지 확인할 수 없었음에도, 여기에 우리가 할 수 있는 무언가가 있으리라는, 인류를 구할 수 있는 무언가가 있으리라는 강력한 믿음을 가진 채로.

결론은 하나였어. 전 세계 무선 네트워크를 먹통으로 만들면 된다! 끊을 수 있을 만큼 끊어 내면 가능할지도 모른다! 외계 생명체의 공격을 무마하기 위해서는 반드시 무선통신 시스템을 셧다운해야 한다!

무선 네트워크를 끊어 내기 위해, 아이러니하게도 인터넷 네트워크를 통해 알게 된 전 세계 수많은 천문학자나 우주 물리학자 등의 과학자와 과학 커뮤니케이터, 해커 들이 이 행동에 참여하기로 했어.

네트워크상에서 은밀히 조직이 만들어졌지. 우리끼리는 '외계 생명체의 인류 멸망 계획 무산시키기 연대'라고 부르는 모임. 각 나라의 해커들은 자기네 통신기지국에 디도스 공격을 가해 통신망을 먹통으로 만들기로 했고, 다른 조직원들은 각 지역의 주요 기지국을 직접 찾아가서 좀비 폰 공격을 가할 예정이지.

좀비 폰 공격이란, 현재는 사용이 불가능한 2G 핸드폰이나 아이폰 초기 모델 등을 대량으로 모아 특정 바이러스 코드를 심고, 그걸 거점 기지국 가까이에 두면 기기들이 일종의 중계기처럼 작동해서 기지국으로 들어오는 이동통신 신호를 수신하여 증폭시키는데, 그 증폭량이 어마어마하게 커지기 때문에 기지국이 증폭된 신호를 소화하지 못한 채로 셧다운 돼 버리는 원리를 이용한 방법이야. 나도 통신공학이나 무선공학 쪽은 문외한이라 어떤 과학적 원리가 작동하는지 구체적으로 설명하기는 어려우니까 좀비 폰 공격에 대해서는 나중에 담당자 만나서 듣는 편이 낫겠다."

식사를 마치고 아카기 씨가 잠시 화장실에 간 사이 내가 승아 언니에게 물었다.

"와타나베 씨는 오늘 못 오시나 보네요?"

"바로 내일 밤이 결행의 날인데 오늘 밤에도 미국 쪽 연구자들이랑 줌으로 학회 관련 미팅이 있나 보더라고. 아까 잠깐 통화했을 때는 늦게라도 올 수 있으면 오겠다고 했는데."

"연구자로서 자기 할 일은 하면서 한편으로 인류를 구할 일을 하고 있는 셈이네요. 약간 일코랑 비슷한가."

"일코?"

"일반인 코스프레의 줄임말이잖아요."

"일반인 코스프레? 그게 뭐야?"

"몰라요? 오타쿠가 오타쿠인 사실을 안 들키려고 평소에는 일반인처럼 말하고 행동하는 걸 의미하는 말인데."

승아 언니는 어깨를 으쓱할 뿐 다른 말은 하지 않았다.

가게에서 나와 주차장으로 가던 중 삿포로 날씨가 예상보다 춥지 않다는 말을 꺼내자 아카기 씨가 기후 위기가 점점 심각해지는 것 같다며, 자기 어렸을 땐 12월부터 눈도 많이 쌓이고 날씨도 추웠는데 최근 몇 년 사이에 눈은커녕 별로 춥지도 않다고 말했다.

승아 언니는 어쩌면 이번 외계 생명체 사태는 지구가 바랐기 때문에 일어난 일인지도 모르겠다고 했다. 그게 무슨 말인지 묻자, 외계 생명체 말대로 인류 대부분이 사라지고 나면 더 이상 탄소 배출량이 늘지 않을 테고, 지구는 지금까지 유지했던 기온을 계속 이어 갈 수 있을 테니까, 지구가 이전의 모습 그대로 있고 싶어 했기 때문에 이번 사태가 벌어졌는지도 몰라, 라고 언니는 설명했다. 그러고 나서 곧바로, 점점 과학자로서의 사고방식과 거리가 멀어지고 있네, 라고 혼잣말하듯 말했다.

승아 언니가 한 말을 통역하자 아카기 씨도 수긍하는 듯 고개를 끄덕였고, 그 순간 아카기 씨의 핸드폰이 울렸다. 굳이 듣지 않으려 해도 아카기 씨의 입에서 와타나베라는 이름이 나왔기에 연락한 사람이 와타나베 오사무 씨라는 걸 모를 수 없었다. 온라인 줌 미팅이 빨리 끝나서 지금이라도 합류할 수 있다는 내용이었다.

"와타나베 씨 집이 마루야마 공원 쪽이니까 그쪽에 잠깐 들러서 합승한 뒤에 다 같이 모이와야마 전망대로 가자고 말해 뒀어요."

"잘됐네요! 와타나베 씨도 같이 내일 동선 확인해 보면 좋겠다고 생각했는데!" 승아 언니가 말했다.

"준비해 둔 중고 핸드폰을 들고 나오라 말하지 않았는데 와타나베 씨가 알아서 챙겨 오겠죠?"

아카기 씨의 말에 나는 언니에게 통역하지 않은 채 곧바로 그게 무슨 의미인지 되물었다. 그러자 아카기 씨는 아무리 작은 핸드폰이라 해도 170개 정도 되는 양을 한꺼번에 가방에 메고 다니면 무게가 꽤 되니까, 동선 확인할 때 그런 점도 같이 테스트해 보는 게 좋지 않겠느냐는 의미라고 말했다. 그러고 나서 한마디 보탰다.

"사실 저는 오늘 출근할 때 핸드폰이 담긴 백팩을 트렁크에 실어 뒀거든요."

그 말과 함께 우리는 주차장에 도착했고, 아카기 씨는 자신의 택시 쪽으로 다가가 트렁크를 열어 빵빵해 보이는 주황색 백팩을 꺼내 들었다.

나는 더 이상 사용하지 않는 핸드폰들이 잔뜩 들어 있는 백팩을 건네받았고, 인류를 구할 기계라든지 기계의 죽음이라든지 죽음의 무게 따위의 말들을 머릿속으로 떠올리며, 세계의 생사가 달린 무게를 등에 메 보았다. 파일철을 등받이 부분에 넣어 두었다고는 해도 등 부분에 핸드폰이 배겨서 불편하긴 했다. 하지만 이 정도면 이동하는 데 큰 무리는 없을 것 같았다. 가방을 벗어 승아 언니에게 건네자 언니는 한 손으로 가방을 들어 올렸다 내렸다 두세 차례 반복하더니 다시 택시 트렁크에 넣어 두었다.

택시가 출발하고 10여 분 뒤, 우리는 마루야마 공원 역에서 와타나베 오사무 씨와 만났다. 마루야마 공원 역 4번 출입구 쪽에 서 있던 와타나베 씨는 우리가 탄 택시가 다가가

자 금방 알아보고 손을 들었다. 와타나베 씨는 택시에 탑승하며 먼저 아카기 씨와 눈 인사를 했고, 마침 얼마 가지 않아 신호에 걸린 틈을 타서 옆에 있던 나와 앞에 있던 승아 언니에게 차례로 인사를 했다.

"안녕하세요, 처음 뵙겠습니다. 와타나베 오사무라고 합니다. 어떤 분이 승아 씨인지⋯⋯."

"앞에 앉은 분이 승아 언니고, 저는 통역을 맡게 된 지민이라고 해요." 내가 일본어로 말했다.

"안녕하세요. 제가 채승아예요. SNS로만 소통하다가 이렇게 직접 만나게 되어 반가워요."

승아 언니가 한 말을 내가 일본어로 옮겼다.

"저도 반갑습니다. 외계 생명체의 인류 멸망 계획 무산시키기 연대 한국 지부 사람들을 이렇게 직접 만나게 됐네요."

나는 그 연대에 소속되기는커녕 오늘 갑자기 삿포로에 오게 됐지만 굳이 그런 사실까지 일일이 말할 필요는 없을 것 같아 적당히 고개를 주억거렸다.

잠시 후, 택시가 다시 움직였다.

끝나 가는 D-2

시간은 빠르게 흘러 어느덧 밤 11시, 우리는 모이와야마 로프웨이 산로쿠 역에 도착해 주차를 하고 로프웨이에 탔다.

평소 모이와야마 전망대는 밤 10시까지만 운영하지만 이번 흑점 폭발로 삿포로에서도 오로라를 볼 수 있는 가능성이 높아지자 시민들의 기대감에 부응해 예외적으로 오늘과 내일 이틀 동안 전망대 운영 시간을 새벽 1시까지 늘리고 대중교통의 막차 시간도 그만큼 더 연장했다고 했다. 그래서 늦은 밤 시간대였는데도 주차장은 물론 로프웨이를 타는 곳에도 사람들이 운집해 있었다.

언어의 문제도 있고 앉은 자리의 문제도 있었기에 고작 네명밖에 없는 상황에서도 대화는 두 팀으로 나뉘어 진행됐다.

앞 좌석에 앉아 있던 아카기 씨와 승아 언니는 영어로 도란도란 이야기를 나누었고 뒷좌석에 앉아 있던 나와 와타나베 씨는 일본어로 이야기를 나누었는데, 표를 끊고 전망대까지 올라가는 동안에도 대화의 짝은 그대로였다. 하필 로프웨이의 탑승 정원이 아카기 씨와 승아 언니에서 딱 끝이 나는 바람에 둘이 먼저 올라가 버리고, 나와 와타나베 씨는 그다음 로프웨이를 타게 됐기 때문이다.

"먼저 올라가 있을게. 전망대에서 보자."

"네, 나중에 봐요."

자신 있게 인사하긴 했지만 나로선 오늘 처음 만난 외국인 남자와 밤늦게 단둘이 있어야 하는 상황이 다소 어색했다. 그렇다고 자리를 피하고 싶을 정도로 불편한 건 아니었지만.

대화를 주도한 사람은 와타나베 씨였다. 평범한 체격에 갈색 뿔테 안경, 다소 덥수룩해 보이는 머리 모양까지 전형적인 공대 스타일의 남자로 보였는데, 딱 하나 예상하지 못한 점이 있다면 바로 말이 많다는 점이었다. 말이 많다고는 해도 속사포처럼 쏟아 내는 타입의 사람이라기보다는, 나는 내 방식대로 느긋하게 말할 테니 듣고 싶으면 듣고 듣기 싫으면 굳이 안 들어도 된다는 식의 여유로운 타입이라고 해야 할까. 주절주절의 느낌이라기보다는 조곤조곤의 느낌에 가깝다고 하면 더 정확할까.

그나저나 처음 만난 외국인에게 이렇게까지 말을 걸어올 줄이야. 내가 일본어를 할 줄 알고 일본인과 느낌이 비슷한 면이 있어 외국인이라는 인상이 옅다는 이유 때문일까.

사실 와타나베 씨가 대화의 봇물을 터트린 건 내가 좀비폰 공격의 원리에 대해 물어봤기 때문이니 나로서는 변명의 여지가 없다. 그리고 보면 승아 언니 또한 한국에서 이곳까지 오는 내내 나에게 흑점 폭발이 어떻다느니 오로라가 어떤 과정을 거쳐 발생한다느니 우리가 외계 생명체에게 어떤 방식으로 저항할 계획인지 쉴 틈 없이 말했다.

이과생들을 일반화할 필요는 없겠지만, 어쩌면 이게 이과생들의 특징일지도 모르겠다. 오타쿠들이 자기가 덕질하는 분야가 이야기의 소재가 되면 눈을 반짝이며 그것에 대해 끝없이 말을 늘어놓는 것처럼, 연구자들은 자기가 연구하는 분야가 대화의 주제로 떠오르면 이 기회를 놓칠세라 폭풍 수다가 이어지는 것이다. 그리고 보면 승아 언니도 나름대로 '일코'하고 있는 셈인지도.

어쨌거나 와타나베 씨가 나에게 설명해 준 좀비 폰 공격의 원리에 대해, 승아 언니가 간단히 말해 준 것 이상으로 내가 이해할 수 있는 부분은 별로 없었다. 한정된 주파수 자원이라든지 디지털 신호라든지 코드분할다중접속, 대역폭 확장 등 한국어로 들었어도 알아듣기 어려운 전문용어가 많은 탓도 있었지만, 단순히 좀비 폰 공격의 원리 자체를 설명하는 데 그치지 않고 전파나 통신의 역사까지 이야기가 확장됐기 때문에 중간중간 집중력을 잃을 수밖에 없었다.

결국 내가 이해한 좀비 폰 공격이란, 더 이상 사용할 수 없는 중고 핸드폰 안에 바이러스를 심어 두고, 그 핸드폰들의 전원을 켜 둔 채 메인 기지국에 근처에 설치함으로써 무선 전파 바이러스를 퍼뜨리는 것이 그 시작이다. 그로 인해 기지국이 먹통이 되는 것은 물론, 먹통이 되기 직전까지 다른 곳으로 발신한 전파 속에도 바이러스가 숨어 있는 탓에 그 전파를 받은 다른 기지국들 또한 연쇄적으로 먹통을 일으키는 방식이었다.

로프웨이 창밖으로 보이는 삿포로의 야경과 더불어 이곳에 도착한 즈음부터 내리기 시작한 눈발이 어느새 함박눈으로 바뀐 풍경을 바라보며, 도대체 오늘 하루 동안 얼마나 많은 일이 있었는지, 그리고 이번 일주일 동안 얼마나 많은 일이 있었고 올 한 해 동안 얼마나 많은 일이 있었는지 회상하며 잠시 감상에 젖어 들기도 했다.

그렇지만 그런 시간은 길어야 30초도 이어지지 않았다. 삿포로의 야경을 보며 감상에 빠져 있을 틈 따위 없다고 내게 지적하기라도 하듯, 로프웨이에 탄 사람들의 설레는 속삭임들 사이로 와타나베 씨의 목소리가 내 귓가에 또렷하게 들려왔기 때문이다.

"오늘 밤 내리는 눈은 기상청에서도 미처 예측하지 못한 것 같네. 이렇게 눈이 내리면 전망대에서 보는 야경이 평소보다 예쁘긴 하겠지만 하늘에 구름이 많을 테니 오로라를 보기는 어려울지도 모르겠다. 우산이라도 들고 올걸 그랬나 봐요."

택시를 타고 오는 동안에도 느꼈지만 미묘하게 혼잣말을 하는 듯한 와타나베 씨의 화법을 듣고 있노라니, 이 사람은 학회에서 발표하거나 줌 미팅 때도 이런 말투일까, 아카기 씨와도 이런 식으로 대화할까, 하는 의문이 떠오르기도 했지만 입 밖으로 내뱉지는 않았다. 그렇군요, 라고 가장 무난한 일본어로 대꾸하긴 했지만 속으로는 으이구 준비성 부족한 사람 같으니, 생각하기도 했다.

이런 방식의 대화는, 170여 대의 핸드폰이 빼곡히 들어찬 백팩을 둘러메고 로프웨이에서 내려 전망대를 가득 메운 사람들 사이에서 승아 언니와 아카기 씨를 찾는 와중에도 계속되었다. 왜냐하면 와타나베 씨가 언니와 아카기 씨를 찾을 마음이 있는지 없는지 갑자기 외투 주머니에서 휴대용 라디오를 꺼내더니 계속해서 이야기를 이어 갔기 때문이다.

"지민 씨는 태어나기 전의 일이라 잘 모르겠지만, 내가 학창 시절이던 1990년대엔 휴대용 카세트테이프가 유행했고, 대부분의 카세트엔 라디오 기능이 있었기 때문에 우리는 당시 유행하던 노래가 라디오에서 흘러나오면 재빨리 녹음 버튼을 눌러 카세트테이프에 노래를 녹음시켰죠."

지금 상황에 웬 카세트테이프?

"그러다가 유행이 휴대용 CD 플레이어 쪽으로 넘어갔는데, 대부분 녹음 기능이 없었기에 자연히 CD 플레이어에서 라디오 기능이 사라졌고, 그 이후에 반짝 유행한 MD 플레이어에도 라디오 기능이 없었으며 그 흐름은 MP3 플레이어로 넘어가서도 계속됐죠."

그러니까 지금 상황에서 왜 그런 이야기를 하고 있는 거냐고. 내가 학창 시절엔 스마트폰으로 음악을 들었다고. 누가 공대 오타쿠 아니랄까 봐 전파나 통신의 역사 설명으로는 부족해서 휴대용 음향기기의 역사까지 늘어놓을 줄이야! 그리고 얼마 전에 우연히 봤는데 휴대용 CD 플레이어에도 라디오 기능이 있는 것 같은데? 요즘에 나온 제품이라서 그런가?

"MP3 플레이어는 자연스럽게 스마트폰과 결합했는데, 그것도 레트로의 일환인지, 그즈음 이미 과거의 매체라고만 인식하던 라디오가 다시 사람들의 주목을 모았죠. 특히 어린 시절을 추억하는 내 세대 혹은 내 윗세대 사람들의 향수를 불러일으켰고, 자연스럽게 나처럼 휴대용 라디오를 가지고 다니는 사람이 늘어났고."

자신이 왜 휴대용 라디오를 가지고 다니는지 말하기 위해서 이야기가 뱅뱅 돌아갔구나, 라는 생각은 그러나 떠오르기가 무섭게 사그라들고 말았다. 와타나베 씨가 휴대용 라디오의 안테나를 올리고 주파수를 맞추려는 순간, 전망대가 통째로 흔들렸기 때문이다. 중심을 잃고 부지불식간에 와타나베 씨의 팔뚝을 붙잡을 수밖에 없는 강력한 흔들림이었다. 누군가 지진이다! 라고 외쳤지만 그 말을 듣지 않고도 이미 본능적으로 지진이라는 사실을 알 수 있었다.

지금까지 살면서 단 한 번도 겪어 본 적 없는 감각.

내가 딛고 선 바닥이 요동치는 감각.

두려움. 혼란.

얼어붙음.

흔들림은 강하게 이어졌고, 이러다 전망대가 무너져 내리지는 않을까, 하는 불안감도 잠시, 전망대를 비추던 불빛들이 일순 꺼지는 동시에 삿포로 시내의 불빛이 덩어리째 차례차례 사라지더니, 새카맣고 거대한 어둠이 흔들리는 땅 위를 뒤덮고 말았다.

그 광경을 보고 있노라니 내 머릿속의 빛도 뭉텅뭉텅 사라지고 사고가 정지하는 듯한 느낌이 들었다.

로프웨이에서 들었던 설레는 목소리는 온데간데없고 혼돈과 두려움으로 가득한 목소리만이 공기 중을 떠돌았다. 사람들은 일사불란하게 그 자리에서 쭈그리고 앉아 흔들림이 가라앉기를 기다렸다.

마침 와타나베 오사무 씨가 들고 있던 휴대용 라디오에서 긴급 속보를 알리는 아나운서의 말이 들려왔다. 차분한 동시에 다급하게 느껴지는 목소리였다.

"오늘 23시 13분경, 홋카이도 남부를 중심으로 강한 지진이 발생했습니다. 진원지는 히다카 지방 중서부로, 진원 깊이는 35킬로미터, 매그니튜드는 7.2로 추정됩니다. 현재 홋카이도 내 전역이 정전 상태입니다. 신호등도 모두 꺼졌습니다. 여러 군데 도로에서 균열이 확인되고 있으니 자동차를 운전하시는 분은 즉시 차를 세우기 바랍니다. 강한 여진이 있을 수 있으니 여진에 대비해 행동해 주십시오. 지진에 주의하시기 바랍니다!"

달빛이 비치지 않는 밤은 캄캄하기만 했다. 나는 한동안 잡고 있다는 사실을 의식하지도 못한 채로 와타나베 씨의 손을 붙잡고 있었다. 이렇게 갑작스럽게 발생한 재난 상황에서 내 몸은, 불과 몇십 분 전에 처음 만난 외국인 남자라는 다소간의 불안함보다는, 그래도 아는 누군가가 곁에 있다는 약간의 안도감을 더욱 필요로 하는 것 같았다.

승아 언니는 무사할까.

언니와 아카기 씨는 지금 어디에 있을까.

수십 초 동안 이어지던 땅의 흔들림이 마침내 진정될 기미를 보였다. 하지만 언제 다시 여진이 올지 모른다.

잡고 있던 손에서 힘이 빠졌고, 와타나베 씨는 슬며시 자신의 손을 빼내 내 어깨에 올리며, 지민 씨, 괜찮아요? 라고 물었다. 나는 한국어로, 그런 것 같아요, 라고 대답했다. 와타나베 씨는 내 말을 이해했는지 어쨌는지 다른 말은 덧붙이지 않고 주머니에서 핸드폰을 꺼내 이것저것 만지작거렸다.

와타나베 씨가 다른 손으로 들고 있는 휴대용 라디오에서는 아나운서가 계속해서 현재 상황을 전하고 있었다. 전망대에 있던 사람들도 핸드폰을 꺼내 현재 상황을 확인하려 했고, 일부 사람들은 휴대용 라디오를 꺼내거나 드물게 손전등을 꺼내 불을 켜는 사람도 있었다. 작은 불빛들이 모여 거대한 어둠을 몰아내고 있는 것처럼 보였다.

"지금 지진 때문에 기지국이 쓰러졌는지 다른 문제가 생겼는지 인터넷도 잘 안 되고 전화도 안 되네. 라디오 송전탑은 아직 무사한지 라디오 전파는 계속해서 수신되고 있고. 오늘이 디데이였으면 정말 곤란할 뻔했다. 기지국에 바이러스 전파를 퍼뜨릴 수 없었을 테니. 내일까지는 복구가 돼야 할 텐데. 아니지, 오히려 이대로 복구가 안 되는 편이 나을지도 모르겠네."

"지금 그런 생각하고 있을 때예요? 승아 언니와 아카기 씨가 어디 있는지 찾아야죠."

계속 속으로만 딴지를 걸다가 위기 상황이 되자 나도 모르게 날 선 목소리가 터져 나왔다. 말을 내뱉고 나서 괜히 움찔하긴 했지만 와타나베 씨는 아랑곳하지 않은 채 내 말에 대꾸했다.

"우리가 여기 모인 이유를 생각해 봐야지, 그냥 놀러 온 게 아니라 외계인의 인류 멸망 계획을 무산시키기 위해 모였으니까. 그리고 이렇게 혼잡한 곳에서는 아카기 씨와 승아 씨를 찾으려 하기보다는 숙소로 돌아가서 대기하는 편이 나아요. 지반이 불안정해서 택시를 타기도 어려울 테니 아카기 씨 차에서 기다리는 것도 좋지 않겠고. 로프웨이는 작동을 멈췄으니 걸어서 산을 내려가야 하는데, 아직 로프웨이를 타고 있는 사람들이 걱정이네요."

와타나베 씨는 그렇게 말하며 굵은 로프에 매달린 채 작동을 멈추고 허공에 떠 있는 로프웨이 쪽을 바라보았다.

"저 사람들도 걱정이지만 일단 우리 걱정부터 하죠. 그럼 와타나베 씨 말대로 언니 일행은 숙소에 돌아가서 기다리기로 하고, 우리는 어서 여기서 내려갑시다. 내려가는 길은 알아요?"

"어떤 집단이든 앞장서는 사람들이 있고, 우리는 그 사람들을 따라가면 돼요."

"그 사람들이 잘못된 길을 선택한다면?"

"그럴 수도 있겠지만, 이런 밤, 이런 추위에는 따로 떨어져서 행동하기보다는 다 같이 움직이는 편이 생존 확률이 높아요. 게다가 우리는 이것까지 메고 있으니 생존 확률이 조금 더 높을 수 있겠죠."

와타나베 오사무 씨는 그렇게 말하며 자신이 메고 있는 백팩을 가리켰다. 나는 아카기 씨가 가지고 온 백팩을, 와타나베 씨는 자신이 가지고 온 백팩을 메고 있었다. 백팩이 괜히 더 무겁게 느껴졌다.

"이런 무거운 백팩을 메고 있는 게 어떻게 생존 확률을 높여 주죠?"

"정말 추워지면 백팩을 핫팩으로 이용할 수도 있으니까. 핸드폰 하나만 작동해도 열이 발생하는데, 비좁은 가방 안에서 170여 대의 핸드폰이 동시에 작동하면 엄청난 열이 발생하겠죠. 그 열 때문에 혹시 핸드폰이 뻗어 버릴까 봐 핸드폰 사이사이에 냉각제를 넣어 두긴 했지만. 아카기 씨에게도 말해 뒀으니 그렇게 했을 테고. 어쨌거나 아무리 추운 산속이라도 우리에겐 든든한 난방 장치가 있다!"

캄캄한 밤하늘에선 여전히 눈이 내리고 있었다. 길게 숨을 내뱉자 뿌얀 김이 나왔다. 자정이 지나고 새벽이 되면 더 추워질 것이다. 지진이 발생한 직후보다는 정돈된 분위기였지만 여전히 아이들의 울음소리와 동요하는 사람들의 목소리가 이곳저곳에서 들려왔다. 어둠이 지속되는 한 불안함도 여전할 것이다. 언제 여진이 다시 발생할지 모른다. 전망대 직원들이 이 많은 인원을 인솔하거나 통제하기도 어려울 것이고, 그들은 현재 멈춰 버린 로프웨이와 그 안에 타고 있는 사람들 때문에 정신이 없는 것 같았다.

얼마 지나지 않아 와타나베 씨 말대로 앞장서서 산길을 내려가려는 일군의 무리가 생겼다. 전망대에서 상황을 살피던 사람들은 그 무리를 따라 천천히 이동하기 시작했고, 우리도 그들을 따르기로 했다.

"아무래도 도마리무라에 있는 원자력발전소에 문제가 발생한 모양이네. 그래서 홋카이도 전력의 여러 발전소가 정지됐고, 이렇게 대규모 정전이 계속되고 있고."

한동안 말없이 라디오에 귀를 기울이던 와타나베 씨가 입을 뗐다.

"원자력발전소에서 문제가 생겼으면 위험한 상황 아니에요? 동일본 대지진 때도 그랬는데."

"그때는 지진도 지진이지만 쓰나미가 정말 큰 문제였고, 일단 방송상으로는 지진으로 인한 쓰나미의 우려는 없다고 하는데, 물론 어디까지 믿을 수 있을진 모르겠지만. 여진이 언제 다시 발생할지도 모르고."

우리는 전망대 1층으로 내려와 건물 밖으로 빠져나왔다.

시멘트로 포장된 길은 곧 끝이 났고 금세 흙길이 시작되었다. 내리고 있는 눈 탓에 땅이 질퍽질퍽했다.

"전기는 끊겼는데 전파는 안 끊기네요." 내가 말했다.

"정전된 지 이제 20분, 25분쯤 지났나. 라디오국의 전원은 이미 UPS, 즉 비상용 배터리로 전환됐을 겁니다. 하지만 이런 상황이 계속 이어지면 UPS도 전력을 다 사용하게 될 테고, 결국 전파가 정지되겠죠."

천천히 이동하던 무리가 갑자기 걸음을 멈췄다. 선두에서 길을 잘못 들어섰거나 아니면 통과하는 데 시간이 걸리는 길목을 지나고 있을 것이다.

나는 멈춰 선 틈을 타 하얀 숨을 길게 뿜어내며 하늘을 바라보았다. 살짝 걷힌 구름 사이로 은은한 달빛이 비추고 있었다. 어두운 산속을 밝힐 만큼 환한 빛은 아니었지만, 두려운 마음을 조금은 누그러뜨릴 정도의 따스한 빛처럼 느껴졌다.

"도내의 철도와 버스는 이미 운행을 중지했고, 어차피 지반의 액화 현상이 곳곳에서 일어나고 있으니 차량 운행 자체가 어려울 것 같네. 신치토세 공항에서도 모든 비행기편이 결항됐다고 하고."

"숙소까지는 걸어갈 수밖에 없겠네요."

"아무래도 그래야 할 것 같아요. 주차장에서 아카기 씨 일행을 기다렸다가 같이 돌아갈 수도 있겠는데……. 일단 이 산에서 내려가는 게 관건이긴 하지만."

잠시 멈췄겠지 싶었는데 예상보다 정체 시간이 길어졌다. 앞에서 어떤 일이 일어나고 있는지 궁금했지만 알아낼 방도가 없었다.

"땀이 식으니까 바람이 더 차갑게 느껴지지 않아요? 시험 삼아 백팩에 있는 핸드폰 전원 켜 볼까요. 지민 씨가 메고 있는 백팩은 아카기 씨 거죠? 제가 갖고 있는 건 프로그램을 인스톨 해 둬서 이 리모컨 버튼 하나만 누르면 170여 대의 핸드폰 전원이 동시에 켜지거든요. 그건 아직 인스톨을 안 해 뒀고, 오늘 가방 받아서 내일 하려고 했는데."

"전 괜찮아요. 와타나베 씨가 메고 있는 가방부터 시험적으로 해 보세요."

"아니에요, 전 집에서 이미 해 봤으니."

와타나베 오사무 씨는 그렇게 말하더니 자신이 메고 있던 백팩을 나에게 건넸고 내가 메고 있던 가방을 끌어내려 자기가 멨다.

"지민 씨가 직접 느껴 보는 편이 나을 것 같아요. 여기 리모컨."

와타나베 씨가 바지 주머니에서 손바닥보다 작은 크기의 회색 리모컨을 건넸다. 가운데 투명 커버가 있었고 그 안에 동그란 버튼이 있었다.

"이 커버를 열고, 버튼을 3초 정도 누르고 있으면 돼요. 자, 해 봐요."

나는 와타나베 씨에게 리모컨을 건네받아 시키는 대로 했다. 잠시 후, 메고 있던 백팩에서 묘한 기운이 느껴지더니 마치 무언가가 꿈틀거리는 듯한 느낌이 들었다.

"이거 기분 되게 이상하네요. 살아 있는 생명체를 등에 메고 있는 것 같은 느낌이라고 해야 할까, 이걸 어떤 느낌이라고……."

하지만 내 말은 더 이상 이어질 수 없었다. 여진이 들이닥쳤기 때문이다. 다시 한번 땅이 거칠게 흔들렸고, 아까보다 흔들림이 더 강하다고 느낌을 받음과 동시에 땅이 갈라졌다. 나와 와타나베 씨가 있던 땅의 가운데 부분이 쩌억 하고 크게 벌어진 것이다.

와타나베 씨가 손을 내밀 새도 없이 나는, 나뿐만 아니라 산속에 있던 많은 사람이, 갈라진 틈 속으로 빠지고 말았다.

D-1

어둡다.

아무것도 보이지 않는다.

얼굴에 화상을 입은 듯 뜨거운 통증이 느껴지고 팔다리 곳곳이 욱신거린다. 아무래도 갈라진 땅속으로 떨어지면서 지면과 마찰하거나 부딪힌 것 같다.

그러는 한편 손끝과 발끝이 얼어붙기라도 한 듯 아무 감각도 느껴지지 않는다.

어쨌거나 통증도 느껴지고 이런 생각도 할 수 있는 걸 보면 아직 나는 살아 있나 보다. 지진이 일어나 갈라진 땅속으로 떨어졌음에도 불구하고.

나는 생각한다, 고로 존재한다, 라는 말을 누가 했더라.

나는 통증을 느낀다, 고로 존재한다, 라고 바꿀 수도 있겠다.

그나저나 얼마나 깊이 떨어졌기에 머리 위로 아무 빛도 보이지 않고 소리도 들리지 않을까. 분명 지면에 있는 사람들이 갈라진 땅의 틈 속으로 손전등을 비추거나 무사한지 소리를 지르고 있을 텐데.

삿포로뿐 아니라 홋카이도 전역에 걸친 지진이라 사고도 많을 테고, 무엇보다 통신망이 먹통이어서 한동안 구조대가 오기는 어려울 것이다.

결국 이곳에서 한동안 이렇게 매달려 있어야 할지도 모른다.

갈라진 땅의 벽면에 부딪히며 추락하던 도중 백팩의 손잡이 부분이 어딘가 굴곡진 부분에 운 좋게 걸린 것 같고, 나는 그 백팩에 가까스로 매달린 채 떨어지지 않고 있는 상황으로 보인다. 방금 전까지만 해도 겨드랑이 쪽에서 상당한 통증이 느껴졌는데 차츰 무감각해지고 있다.

얼굴에서 무언가 흘러내리는 것 같았지만 팔이 움직이지 않으니 그것이 무엇인지 확인할 수 없다. 피가 흘러내리겠거니, 라고 생각했는데 어쩌면 눈물인지도 모르겠다. 눈물이 지나간 자리마다 피부가 쓰라리다. 더 아플 곳이 있을까, 하는 와중에도 새로운 쓰라림이 느껴진다.

그래, 솔직해지자. 지금 내 상황을 있는 그대로 받아들이자.

나는 어쩌다 이런 곳에서 이런 모습으로 죽음을 맞이하고 있는가. 통증을 인식할 수 있기에 아직은 살아 있는 것 같지만 언제 어느 순간 생명 활동이 끝날지 모른다. 누군가 날 구하러 올 확률도 희박하다.

내 인생은 어디서부터 꼬이기 시작했을까. 외계인이 뭐라고 하든 내일 알바를 하러 가거나 친구들과 어울려 노는 게 맞았을까. 친구들이나 가족들과 남은 시간을 함께 보내다 죽음을 맞이하는 편이 나았을까. 적어도 지금처럼 맥 빠지고 황당하고 고통스러운 상황에 처한 것보단 나았을지 모른다.

힘든 상황에 처하면 인간의 밑바닥이 나온다고들 하는데, 이런 상황에 처해 오도 가도 할 수 없다 보니 드디어 내 밑바닥이 드러났고, 나는 흘러내리는 눈물을 닦지도 못한 채 우는소리를 하고 있다.

아빠가 문자메시지로 지금 검토 중인 소설 이야기를 보냈을 때만 해도 이런 미래가 닥치리라고는 상상할 수 없었다. 오크족의 공격으로부터 엘프족을 구해 낸 평범하기 짝이 없는 엘프 소녀의 이야기를 봤을 때까지만 해도.

그 소녀는 어떻게 자신의 종족을 구해 낼 수 있었을까. 도대체 어떤 선택을 했기에 엘프족에겐 평화를 가져오면서 정작 자기 자신은 해피하지도 새드하지도 않은 결말을 맞이할 수 있었을까. 아빠의 메시지를 읽을 당시에는 별로 궁금하지 않았는데 지금 그 이야기의 결말이 궁금하다. 소녀의 상황에 내 상황을 대입했기 때문일까. 그러면 나는 인류에게 평화를 가져다줄 수 있을까. 하지만 지금 내 상황은 아무리 긍정적으로 해석해도 새드 엔딩에 가까워 보이는데.

사실 지금 내가 처한 상황의 발단은 오가와 루리코를 우연히 만난 일이다. 나는 어쩌다 오가와 루리코를 만나서 외계인을 상대로 내가 할 수 있는 일을 스스로 발견할 수 있다는 말을 들었던 것일까. 예언인 듯 주문인 듯 기도인 듯 소망인 듯한 그 말을.

우연이었을까. 아니면 필연이었을까.

어쩌면 누군가의 말대로 나의 의지가 나의 운명을 만들어 낸 것일까.

이것이 내 최종 운명일까.

아니면 좋겠는데.

그런데 나는 내가 할 수 있는 일을 스스로 발견했다고 할 수 있을까. 우연히 보민을 만났고, 보민의 친언니인 승아 언니까지 만나 승아 언니가 하려는 계획에 동참했을 뿐이잖아. 여기에 내 의지가 발현되고 말고 할 게 어디 있어. 스스로 발견했다고 할 수도 없지. 이건 나 말고도 할 수 있는 사람이 많이 있을 테니.

이것이 정말 내가 외계인을 상대로 할 수 있는 일이 맞을까.

무언가 잘못된 것 같은데 어디서부터 어떻게 잘못됐는지

모르겠어.

하긴, 그걸 안다고 해서 지금 시점에서 다시 돌이킬 수 있을지도 모르겠고.

다시 시작할 수 있을까.

무엇부터 다시 시작할 수 있을까.

§

내 이야기 좀 들어 볼래?

누구지? 갑자기 머릿속에 들려오는 이 낯선 목소리는?

옛날 홋카이도의 어느 산속 마을에 커다란 크랙 구멍이 있었어. 한번 들어갔다가는 다시 돌아올 수 없었기에 지옥의 입구라는 이름이 붙게 됐지. 마을에서 배짱 좋다는 사람들 여럿이 크랙 안에 뭐가 있는지 확인하러 들어가 보기도 했지만, 그들 중 살아서 돌아온 사람은 아무도 없었어. 그래서 입구 주위에 울타리를 쳐 두고 사람들의 접근을 금지하게 됐지.

도대체 누가 이런 이야기를 하고 있는 걸까.

그렇게 시간이 흘렀어. 마을에 강한 지진이 발생했고, 크랙을 둘러싸고 있던 울타리는 부서졌으며, 지옥의 입구는 더 크고 새카매졌어. 하지만 마을 사람들은 굳이 울타리를 다시 세울 필요를 느끼지 못했지. 더 이상 제 발로 지옥의 입구로 들어가는 사람은 나오지 않았으니까. 크랙은 그렇게 마을 사람들에게 공포의 시원으로 자리하게 된 거야.

크랙? 지옥의 입구? 공포의 시원?

시간이 다시 지나면서 마을 사람들이 느끼는 공포를 공포라고 느끼지 않는 소녀가 한 명 태어났어. 세상 모든 것에 호기심이 가득한 소녀. 어쩌면 용기 있는 소녀. 그 소녀는 어린 시절부터 크랙 주변을 돌아다니며 차츰 그곳을 자신이 돌아가야 할 고향이라고 여기기 시작했어. 어느 날 마을 아이들 중 하나가 친구들과 술래잡기를 하다가 그만 지옥의 입구 앞에서 발을 헛디뎌 넘어졌고, 크랙 속으로 빠지고 말았지. 같이 놀던 아이들이 당장 어른들에게 달려가 이 사실을 알렸지만 어른들 중 그 누구도 아이를 구하기 위해 크랙 속으로 들어가려 하지 않았어. 소 잃고 외양간 고치는 노릇이긴 하지만 이제라도 다시 울타리를 만들어야 한다는 이야기만 오갔을 뿐. 소녀는 드디어 자신이 나설 차례라고 생각했어. 늘 고향처럼 느껴지는 그곳에 무엇이 있을지 궁금했고 친구를 구해야 한다는 사명감도 갖게 됐어. 소녀는 가족들이 모두 잠든 밤, 호롱불 하나만 손에 쥔 채 몰래 집에서 빠져나와 크랙의 구멍으로 다가갔어. 호롱불을 구멍 안으로 넣어 봤지만 아무것도 보이지 않았지. 소녀는 천천히 크랙 안으로 몸을 넣었고,

60도가 넘는 경사를 따라 조심조심, 미끄럼틀을 타듯 미끄러지며 내려가기 시작했어.

그래서? 크랙 안에서 뭘 발견했어?

…….

크랙 안으로 들어간 소녀는 어떻게 됐지?

…….

왜 갑자기 아무 말도 하지 않는 거야? 결정적인 장면에서 이야기가 더 이상 이어지지 않는 이유가 뭐냐고! 왜 아무 목소리도 안 들리는 거야!

아무래도 이제 받아들여야 할 것 같아. 지금 내가 어떤 상황인지. 그리고 네가 어떤 상황인지.

이 목소리는 또 누구야? 이번엔 일본어가 들리잖아. 어디서 들리는 말이지?

전날 밤 그렇게 크게 싸우고 나서 이튿날 네가 나의 전화를 받지 않았던 이유는 여전히 화가 나 있었기 때문도 아니었고 나에 대한 마음이 식었기 때문도 아니었고 나와 헤어질 준비를 하고 있었기 때문도 아니었어. 그때 이미 넌 이 세상 사람이 아니었으니까. 그래서 나의 전화를 받을 수 없었어. 그래서 나의 전화를 받지 않았어. 왜 그대로 널 돌려보냈을까. 너는 뭐 때문에 그렇게 화가 났고 나는 또 뭐 때문에 그렇게 화가 났을까. 우리는 왜 싸워야만 했을까. 그렇지 않았다면 우리는 함께 손을 잡고 오로라를 보기 위해 이곳 모이와야마에 올랐을 텐데. 어쩌다 나는 홀로 이곳에 올라와 지진 때문에 정지한 로프웨이 속에서 추락하고 만 것일까.

이 사람은 무슨 말을 하고 있는 걸까. 왜 나에게 이런 소리가……

나는 이미 죽었을까. 그렇다면 이제 너와 만날 수 있을까. 너에게 내 마음을 전하고 싶어! 나는 여전히 너를 사랑하고 있고, 죽어서도 여전히 너를 사랑하고 있다는 내 마음을 전하고 싶어! 네 마음도 분명 나처럼 어딘가를 떠돌고 있겠지. 비록 이 세상에서의 삶은 끝이 났지만, 다른 세상에서는 꼭 우리 마음이 만날 수 있으면 좋겠어! 미치코, 사랑해!

삶이 끝이 났다? 나는 이미 죽었다? 지금 나에게 들리는 건 죽은 사람의 목소리인가? 왜 이렇게 일방적으로 들리기만 할까. 지금 내가 여기서 당신이 하는 생각, 당신이 하는 말을 듣고 있어요! 듣고 있다고요!

여기서? 지금 여기는 어디지?

땅속? 땅속에서 누군가의 생각을 듣는다는 말인가?

게다가 생각을 듣고 있다니, 이건 또 무슨 소리야. 다른 사람이 하는 생각을 어떻게 들을 수 있다는 말이지? 나는 왜 내가 이해할 수도 없는 말을 내뱉고 있는 걸까?

저기, 아무도 없나요?

또 다른 일본어가 들려온다.

제가 지금 어떤 상황인지 모르겠어요. 분명 모이와야마 전
망대에서 내려와 산길을 걷고 있었는데 여진이 발생했고, 땅
이 갈라졌고, 그 사이로 빠져 버린 것 같은데, 그 이후론 아
무 기억도 나지 않아요.

나와 같은 곳에 있던 사람이야. 저기요! 저 여기 있어요, 여
기도 사람이 있다고요! 내 목소리 안 들려요?

혹시 저는 이미 죽었을까요? 그러면 내가 사후 세계를 겪
고 있다는 말일까. 그런데 왜 우리가 알던 사후 세계랑 전혀
다를까요. 그리고 왜 주변에 아무도 없을까요.

있다고! 여기 사람이 있다고!

내가 할 수 있는 일은 계속 생각하는 것밖에 없나요? 아무
것도 보이지도 들리지도 않아요. 아무것도 느낄 수 없고. 나
와 함께 있던 남편은, 그리고 우리 아이는, 무사한가요? 무사
할까요? 나는 지금 누구에게 말을 하고 있는 걸까요……

그러고 보면 어느 시점부터 나 역시 아무것도 보이지 않고
아무 통증도 느껴지지 않는다. 170여 대의 핸드폰이 담긴 백
팩에서도 아무 열기가 느껴지지 않는다. 추락할 때의 충격으
로 망가진 걸까.

지진 크랙에 빠진 이후 시간이 얼마나 흘렀을까. 시간이 오

래 지나서 핸드폰 배터리가 전부 방전됐기 때문일까.

나에게 남은 감각은 오로지 청각뿐인가. 그래서 누군가의 목소리, 누군가의 생각만이 들려오고 있나. 어쩌면 이미 죽었을지도 모를 누군가의.

그렇다면 나도 이미 죽었다고 생각해야 할까.

다른 사람의 생각이 들려온다고 했는데, 따지고 보면 청각 기관을 통해 들려오는 소리는 아니야. 이건 마치…… 뭐라고 하면 좋을까, 일종의 텔레파시처럼, 혹은 눈에 보이지 않는 전파처럼, 나에게 직접적으로 전해져 오는 이걸 뭐라고 하면 좋을까.

혹시 그런 게 아닐까.

만약 누군가가 하는 생각이나 인식, 인지, 사고, 사상, 망상, 공상 같은 것이 전파가 될 수 있다면.

전파처럼 어딘가로 보낼 수 있고, 그걸 누군가가 수신할 수 있다면.

어쩌면 내가 메고 있던 백팩에 담긴 죽은 핸드폰들 때문에 나에게 이런 일이 일어나고 있는 것이 아닐까. 이미 죽은 핸드폰들이 정말 좀비처럼 부활해서 모종의 통신망을 만들어 냈고, 그 통신망 속에 있는 나에게, 이미 죽은 사람들의 생각이 전송되고 있는 것이 아닐까. 과학적인 사고방식처럼 보이지는 않지만, 최소한 그렇게 생각하는 편이 합리적이고 논리적이지 않을까.

그렇다면 나는 아직 살아 있다는 말인가.

통신망에 바이러스를 심어 지구상의 네트워크를 통째로 먹통으로 만들겠다니. 터무니없을 만큼 거대한 계획이었어.

어? 다시 한국어가 들린다.

그래, 어쩌면 이론적으로는 가능하겠지, 희박한 가능성이긴 하지만 그런 일이 실제로 구현될 수 있을지도 몰라. 그렇다고 해서 외계 생명체들의 공격을 막을 수 있다는 말은 아니야. 그건 어디까지나 가설에 불과한 발상이었으니까. 상상력에 기인한 아이디어였으니까. 어쩌면 정말 운 좋게 외계 생명체들의 공격을 막을 수도 있겠지만, 그렇다고 그들을 태양계 밖으로 쫓아낼 수 있는 방법은 아니야.

가슴이 두근거린다. 언니의 목소리야.

지구 차원에서, 지구 안에서 우리가 할 수 있는 일을 필사적으로 찾아봐야 했고, 그중 가능성이 높아 보이는 일, 당장 현실적으로 가능한 일을 찾다 보니 누군가 좀비 폰이라는 발상을 떠올렸고, 그것이 우리가 선택할 수 있는 여러 가지 방어 수단들 중 가장 실현 가능성이 높아 보였고, 나로선 어떤 일이든 하나에 매달릴 수밖에 없었기에 이곳 삿포로까지 왔고, 몇 시간 전에 처음 만난 지민이까지 함께 와서 시도해 보려 했지만, 결국 이렇게…… 지민이는 무사히 잘 있을까. 아카기 씨나 와타나베 씨는 어떻게 됐을까.

언니! 승아 언니!

……?

승아 언니! 저, 지민이에요!

지민이? 정말 지민이니?

네! 저 지민이 맞아요. 언니 내 목소리 들려요?

이게 어떻게 된 일이지? 이런 상태에서 어떻게 대화가 가능하지?

아까부터 사람들의 목소리가 계속 들려왔어요. 그러다가 언니의 목소리가 들렸고. 그 사람들과는 대화가 안 됐는데 언니와는 되네요. 아는 사람이라서 그런가. 아무튼 다행이에요!

누군가와 대화를 나눌 수도 있다니, 그게 지민이 너라서 정말 다행이긴 한데 도대체 이런 상태에서 어떻게…….

이런 상태? 우리는 지금 어떤 상태예요?

나도 우리 상태를 과학적으로 어떻게 설명해야 할지 모르겠어. 배운 적도 없고, 상상한 적도 없으니까. 지금까지의 생물학적인 개념으로 보면 우리는 이미 죽은 상태라고 할 수 있겠고, 종교적인 표현을 빌리자면 일종의 사후 세계라고 할 수도 있을 텐데…….

…….

내가 너무 갑작스러운 말을 했나.

아니에요. 그럴 수도 있겠다 막연히 예상하긴 했어요. 하지만 지금 상황, 좀 이상한 것 같아요. 나는 생각한다, 그러므로 존재한다는 말도 있잖아요. 이 명제 자체가 틀렸을 수도 있겠지만, 우리가 만약 죽었다면 어떻게 계속 생각하는 게 가능할까요?

이미 죽은 상황에서 이렇게 말하면 좀 이상하게 들릴 수도 있겠지만, 나도 지금 이 상황이 너무 황당하다고 해야 할까, 한편으로는 흥미롭다고 해야 할까, 그래서 지금 막 가설을 하나 떠올렸는데, 이것도 가설이라기보다는 과학자 실격에 가까운 망상이긴 하지만.

뭐예요?

어쩌면 우리의 사고 자체가 그대로 입자화한 게 아닐까. 그런 생각이 들었어. 일종의 소립자가 된 셈이지. 사고의 소립자화라고 표현해도 괜찮으려나. 강한 신념이나 의지나 마음 같은 것이, 죽은 육체에서 벗어나 그대로 소립자로 존재하면서 사체 부근이나 지구 어딘가를 떠도는 게 아닐까.

소립자……?

입자들 중에서 가장 기본이 되는, 더 이상 나눌 수 없는 가장 작은 입자라는 의미야. 정말 아주 작은 입자. 이것들이 모여서 물질을 만들고, 인간의 몸도 다양한 입자들이 모여서 만들어졌어. 지금까지 발견된 소립자들 중에서는 아직 어떤 기능을 하는지, 혹은 어떤 역할을 하는지 밝혀내지 못한 것들도 수십 종이 있고, 그 말은 곧 지금까지 전혀 발견된 적 없는 소립자도 있을 수 있다는 말이겠지.

우리가 지금 소립자로서 대화를 나누고 있다는 말이네요?

그래서 망상이라고 했어. 소립자로서 대화를 한다는 게 어 불성설이잖아. 입도 없고 귀도 없는데. 무엇보다 뇌도 없고.

제가 백팩을 메고 있었거든요.

백팩? 좀비 폰 들어 있는 백팩 말하는 거지?

맞아요. 전망대에 있을 때 지진이 일어났고, 그 이후 건물에서 나와 산길로 내려가기 전에 와타나베 씨가 가방에 든 핸드폰을 전부 활성화했어요. 핸드폰에서 발생하는 열 때문에 방한 효과도 있을 테고, 실제로 어떤 느낌인지 직접 느껴 보면 좋겠다고 해서. 그런데 산길을 가던 중에 지진이 나서 땅이 갈라졌고, 가방을 멘 채 갈라진 땅속으로 빠졌어요.

나도 마찬가지야. 아카기 씨랑 같이 사람들 따라서 산길을 내려가던 중에 땅속으로 빠졌어.

언니도 저희랑 비슷한 곳에 있었나 보네요.

그랬나 봐. 근데 백팩은 왜?

170여 대의 핸드폰이 전부 켜진 상태였고, 그 상태로 제가 소립자화 했다면, 핸드폰에서 발생한 전파? 전파 입자? 같은 것에서 어떤 영향을 받지 않았을까 해서…….

잠깐만, 잠깐만.

네?

음…… 그러니까 그 활성화된 좀비 폰들의 전자기파가 어떤 모종의 역할을 했고, 그래서 우리가 지금 이렇게 소통할 수 있다는 말이지?

그것 말고는 현재 상황을 이해할 수 있는 방법이 없는 것 같아서요.

소립자와 전자기파…… 입자와 파동…… 음…….

과학적으로 맞다 틀리다를 따질 문제는 아니겠지만.

우리가 정말 미지의 소립자 상태로 존재한다는 가설이 맞다면, 백수십 대의 핸드폰에서 발생한 전자기파가 어떤 식으로든 영향을 미쳤다고 가정하지 않을 이유는 없겠다. 그럴 수도 있을 것 같아. 그러면 지민이가 일종의 통신기지국 같은 존재가 된 셈인가? 그래서 다른 사람들의 목소리도 들리고?

우아, 통신기지국이라니! 엄청 멋진데요?

그걸 어떻게 잘 활용하면…….

활용? 어떻게요?

지금처럼 다른 사람과 소통할 수 있도록 말이지.

…….

……

오, 언니!

응? 왜?

아직 기회가 남은 것 같아요! 아니, 아직 기회가 남아 있어요!

기회라니? 무슨 기회?

외계 생명체를 무찌를 수 있는 기회!

외계 생명체를? 어떻게?

제가 통신기지국 같은 존재가 맞다면, 우리처럼 된 사람들, 아니, 소립자라고 불러야 하나, 아무튼 그런 존재들을 불러 모을 수 있지 않을까요?

그래서? 그게 가능하다고 한다면?

수백, 수천의 소립자들이 모여서 우주로 날아가는 거죠! 그래서 지금 금성 어딘가에 숨어 있는 외계 생명체를 박살 내는 거예요!

와! 하하하하!

어? 왜요? 너무 말이 안 되나?

아, 아니 아니, 그런 게 아니라, 나 방금 지민이 너한테 조금 존경심이 들어서, 기분이 좋아서 웃음이 터져 버렸네.

그건 또 왜요?

지금 우리가 이런 존재가 된 상황에서도 외계 생명체를 격

퇴할 의지를 갖고 있으니까. 나는 솔직히, 전혀 고려하지 않았거든. 한편으론 체념하기도 했고. 외계 생명체가 어디에 있든, 어디에서 뭘 하든. 인간으로서 난 이미 죽은 상황이니까 내가 할 수 있는 일은 없다고 단념하고 있었어.

인간으로서는 감당할 수 없는 존재이기 때문에, 인간을 넘어선 존재, 즉 소립자화 한 우리가 무찔러야죠.

우아…… 두 손 두 발 다 들었다. 지민이 네 말이 맞아! 나는 배운다, 그러므로 존재한다!

완전히 터무니없는 이야기는 아니겠죠?

일단 이 상태로 이동이 가능한지 알아봐야겠고, 그다음으로는 우주에서의 이동이 문제일 텐데. 사실 우주는 완벽한 진공상태가 아니니까, 플라스마가 존재하는 곳이라면, 그리고 우리가 정말로 모종의 소립자라고 한다면, 플라스마를 매질로 해서…….

무슨 말인지는 모르겠지만 일단 이동이 가능하다면 공격도 가능하겠네요! 어떤 식으로 타격을 가할지는 나중에 생각할 문제겠고.

아 참, 지금 지구 쪽으로 날아오고 있는 태양풍이 플라스마니까, 아, 그러면 태양풍의 흐름을 거슬러서 가야 한다는 말인가.

연어가 강물을 거슬러 가는 느낌일까요?

왠지 비슷할 것 같기도 하고 완전히 다를 것 같기도 하고.

괜찮아요! 뭐든 해 봐요! 태양풍이 우주를 날아와 지구에 도달하는 속도로, 아니 그보다 훨씬 더 빠른 속도로, 지구를 벗어나 금성까지 날아가면 되죠!

그렇구나! 나는 지금까지 우리가 당연히 입자라고만 생각했어. 사고가 갇혀 있었어. 어쩌면 입자이면서 동시에 파동일 수도 있겠다! 그래! 왜 그 생각을 못 했지? 우리가 입자이면서 동시에 파동일 수 있으면…… 아니, 잠깐만. 이건 완전히 양자역학의 세계잖아!

입자이면서 파동이라고요? 양자역학의 세계?

아니야, 아니야. 양자역학 개념이야 인간들에게나 중요하지. 아무튼 요약해서 말하자면, 우리는 아주 작은 '물질'로 존재할 수도 있지만 동시에 어떤 '흐름'으로 존재할 수도 있다는 말이야.

물질과 흐름. 물질이면서 흐름이다. 동시에 두 가지 상태로 존재할 수 있다?

그렇지.

고체이면서 동시에 기체이다?

정확하진 않지만 그런 식으로 이해해도 괜찮겠고.

그럼, 우리는 단순한 입자가 아니라 파동-입자라고 할 수 있겠네요.

오, 그렇네! 파동-입자!

그것도 의지를 지닌 파동-입자!

그 후 승아 언니와 나는 우리가 어떻게 대화가 가능한지에 대해 이것저것 가능성을 따져 봤고, 누군가의 이름을 부르는 것으로 상대 파동-입자와 소통할 수 있다는 사실을 알게 되었다. 또한 한 번이라도 나와 소통을 주고받은 존재 역시 일종의 기지국이 되어 다른 존재의 생각을 읽을 수 있는 존재로 바뀐다는 사실도 알게 되었다.

파동-입자 만세!

나는 일본어와 한국어로, 승아 언니는 영어와 한국어로 떠오르는 이름들을 마구 불렀다. 아카기 씨와 와타나베 씨는 우리의 부름에 응하지 않았는데, 그 말은 지진이 일어났지만 사고에 휩쓸리지 않은 채 인간으로 계속 존재하거나, 죽었지만 파동-입자가 되지 않았거나 둘 중 하나라는 의미였다. 우리는 첫 번째 의미로 생각하기로 했다. 그렇게 수많은 이름을 부르며 새롭게 소통하게 된 파동-입자들에게 현재 우리의 상황과 우리가 하려는 일에 대해 핵심만 간추려서 설명했다.

움직이는 일은 의외로 간단했다. 가야 할 장소의 이름을 떠올리고, 이동한다고 생각하면 거의 곧바로 우리가 그 장소를 향해 이동한다는 사실을 알 수 있었다.

지진은 삿포로뿐 아니라 전 세계 곳곳에서 발생한 것 같았다. 지진으로 수많은 사람이 목숨을 잃었고, 그중 일부는 파동-입자의 형태로 허공을 부유하고 있었다. 그들에게 접근해 우리 계획에 대해 말하자 대부분의 파동-입자들이 열의를 띠며 참여 의사를 밝혔다. 또한 각자 기지국이 되어 열정적으로 다른 파동-입자들을 찾아 나섰다. 그렇게 외계 생명체와 맞설 파동-입자들이 세계 방방곡곡에서 빠르게 모여들었다.

한국에서 우리와 뜻을 같이 할 파동-입자들을 찾는 동안, 나는 최근 며칠 동안 만난 사람들을 떠올리며 일일이 불러보았다.

나의 고등학교 친구들, 강승연, 황아름, 김지호.

아무도 내 부름에 응답하지 않았다.

이들과 헤어지고 집으로 돌아가는 길에 만난 오가와 루리코.

역시 응답이 없었다.

봉안당에서 만난 채보민, 그리고 채기훈 오빠.

그들 또한 응답하지 않았다.

나의 룸메이트 신서희, 그리고 탁구부 동기 문호영과 에바 한손.

그들 모두 응답하지 않았다.

라멘집 부점장님과 주방 매니저 언니도 응답하지 않았고, 마지막으로 엄마와 아빠 모두 응답하지 않았다.

다행이다.

이번에도 나는 그들 모두가 인간으로서 계속 존재하리라고 믿었다. 그래서 아무도 응답하지 않길 바랐고, 당연히 응답하지 않으리라 기대했으면서도 내심 안도의 한숨을 내쉬었다. 물론 숨을 내쉴 수 있는 신체 기관은 없지만.

아무튼 정말 다행이다.

나는 나의 친구들, 지인들, 가족들이 아무도 응답하지 않아서 진심으로 기뻤다. 비록 나는 인간으로서의 삶을 끝맺었지만, 그들은 아직 인간으로서 살아 있는 것이다. 그리고 앞으로도 별다른 일 없이 계속 살아갈 것이다.

그들이 모두 무병장수했으면 좋겠다. 기왕이면 하고 싶은 일들 전부 이룰 수 있으면 좋겠다. 좋은 사람들과 어울리며 오래오래 행복하게 살 수 있으면 좋겠다. 그러다가 가끔씩 나를 떠올려 주면 좋겠다. 그렇게 나를 떠올리며, 내가 했던 말들을 떠올리며, 나와 함께 나눈 추억을 떠올리며, 눈물 짓기보다는 슬며시 미소 지을 수 있으면 좋겠다. 정말로 그랬으면 좋겠다.

며칠 내로 나의 죽음이 그들에게 알려질 것이다. 내가 여전히 파동-입자의 상태로 존재한다는 사실은 꿈에도 상상하지 못한 채.

나는 마지막으로 떠오른 이름도 불러 보았다. 이미 죽은
나의 전 남친 연호수. 하지만 연호수 역시 아무 응답도 하지
않았다. 다른 평행우주로 의식이 넘어간 상태니까 내가 있는
이 세계에는 어떤 상태로든 존재하지 않는 것이다.

D-Day

　대기 안에 존재하는 수많은 소립자들과 파동들을 스치며 지구 곳곳을 돌아다니는 동안, 외계 생명체가 고지한 디데이가 당장 몇 시간 앞으로 다가왔다는 사실을 알게 되었다.

　이제 출발할 시간이다.

　지구를 떠날 시간이다.

　그렇게 생각한 순간, 모종의 파동으로 연결되어 전 세계에 존재하는, 나와 연결돼 있는 수천은 됨직한 파동-입자들이 일시에 하늘로 솟구쳤다. 그 사실을 알 수 있었다. 아무도 어떻게 하늘로 떠올라야 하는지 가르쳐 주지 않았지만, 마치 갓난아기가 시간이 흐르면서 자연스럽게 몸을 뒤집거나 일으켜 마침내 자리에서 우뚝 일어나 걸음을 내딛는 것처럼, 우리는 본능적으로 하늘 위로 솟아 올랐다.

대기권을 통과하는 순간, 처음 겪어 본 플라스마를 인지할
수 있었다. 오로라였다. 비록 인간이었을 땐 직접 볼 수 없었
지만, 파동-입자가 되어 지구를 떠나려는 순간 오로라 플라
스마를 인지할 수 있었던 것이다. 잘 가라고, 부디 오래오래
건강하라고, 인류를 대신해 외계 생명체와 싸워 줘서 고맙다
고 인사하는 것 같았다.

대기권 밖으로 나가자 순식간에 태양풍 플라스마의 우주
가 펼쳐졌다. 태양 플라스마의 흐름과 역행해서 움직여야 했
지만, 그것을 거스른다거나 저항이 느껴지거나 하지는 않았
다. 마치 레드카펫 위를 걸어가는 톱스타가 된 것처럼, 우리
수천의 파동-입자들은, 태양 플라스마를 통과해 곧장 금성으
로 향했다.

금성으로 향하던 도중 승아 언니가 말했다.
지민아, 이런 상태가 돼서야 겨우 깨닫게 됐어. 내가 지금
까지 알던 물리학 지식은 정말 빙산의 한 조각에 불과하다
는 걸.
그건 언니가 그만큼 물리학을 공부했기 때문에 할 수 있

는 말이에요! 저는 그 한 조각의 한 조각조차 모르는 사람인데. 아차, 사람이 아니라 파동-입자!

설마 오로라 플라스마를 인식하면서 동시에 지나칠 수 있고, 태양 플라스마를 인식하면서 그 흐름을 거스르며 통과할 수 있다니!

저도 정말 신기하고 신비로워요!

무척 놀라워. 이런 존재가 돼서도 계속 무언가를 배울 수 있다는 점도 그렇고.

우리 파동-입자들은 무엇이든 할 수 있다!

이렇게 가다 보면 곧 금성에 도달할 테고, 외계 생명체가 탑승한 우주선을 발견하겠다.

그들이 정말 있을까요? 그리고 우리 존재를 인식할 수 있을까요?

정말 한 치 앞도 예상할 수 없겠는데?

그리고 또, 파동-입자로서 우리가 그들을 어떻게 타격할 수 있을까요?

일단 가서 만나 봐야겠지. 나는 그들이 어떻게 태양풍이 뿜어져 나오는 길목에서 있을 수 있는지가 제일 궁금해. 자신들이 타고 온 우주선에 전자기적 이상을 일으킬 게 빤한데.

설마 그들도 우리처럼 파동-입자 형태로 존재하는 건 아니겠죠?

그것도 그럴싸한 발상인데?

만약 그렇다면 그들과 어떻게 싸워야 할지 지금이라도 궁리해 봐야 할 텐데.

이윽고 우리 파동-입자들은 화성에 도착했고, 내 발상이 틀렸다는 사실을 알 수 있었다. 약 일주일 전 우리에게 영상을 송출했던 외계 생명체들이 플라스마의 형태로 태양 플라스마 속에 숨어 있다는 사실을 발견했던 것이다.

외계 생명체들은 전자, 중성입자, 이온 등으로 분리된 채, 비유하자면 마른 수건 일부가 젖은 듯한 모습으로 모여 있었다. 그리고 그들은 자신들도 파악하지 못한 미지의 존재가 미지의 형태로 다가오리라고는 꿈에도 상상할 수 없었을 것이다.

우리는 그들에게 다가가 본능적인 방식으로 그들을 제거하기 시작했다. 마치 젖은 수건 일부를 드라이어기로 건조하듯, 우리 이동 경로에 있던 전자나 중성입자나 이온에게 각자 달려들어 태양풍의 흐름에 떠내려 보냈다.

외계 생명체의 입자 하나하나가 사라질 때마다 세계 각국의 언어로 환호하는 소리가 들렸다. 환호하는 소리는 끊임없이 이어졌고, 수건의 젖어 있던 부분이 조금의 희미한 자국도 남기지 않은 채 말라 버린 것처럼, 외계 생명체들은 작은 입자 상태로 뿔뿔이 분해된 채 태양풍을 타고 지구 방향으로 날아갔다. 그렇게 날아간 외계 생명체의 입자들은 지구 자기장에 부딪히거나 오로라가 돼 지구인들에게 아름다움을 선사할 것이다.

지구인이 이겼다!

아니, 지구 출신 우주인인 우리 파동-입자들이 이겼다!

우리는 이동 방향으로 계속해서 날아갔다. 그러는 동안 파동-입자들의 환호는 차츰 전투 후일담으로 이어졌다. 시끌벅적 유쾌하던 전투 후일담은 다시 인간이었던 시절 각자의 개인사에 대한 이야기로 이어졌다. 누군가들은 이번에 패한 외계 생명체들이 다시 지구에 침입해 올지도 모른다는 이야기를 꺼내기도 했다. 그럴 수도 있고 그러지 않을 수도 있지만, 점점 지구에서 멀어지기만 하는 우리가 더 이상 할 수 있는 일은 없었다. 인류의 미래는 앞으로 지구에 살아갈 사람들이 알아서 하겠지.

저항 없는 우주 속에서 우리는 지금까지 이동해 온 방향으로 계속 이동했고, 그렇게 수성을 지나고, 태양을 지나 태양 뒤편으로, 태양계 너머로, 우리은하 바깥으로 향했다.

우리가 현재 어디에 있는지, 어디로 가고 있는지, 어디까지 갈 수 있는지 알 수 있는 방법은 없다.

이전에도 알았고 지금도 알고 있고 앞으로도 계속 알 수 있는 사실이란 딱 하나뿐.

인간으로서의 우리는 비록 죽었지만, 파동-입자로서 계속 살아가리라는 것. 아직 인류의 과학기술로는 발견하지 못한, 의지를 가진 파동-입자라는 형태로.

아마 인류는 한때 인간이었던 존재들이 파동-입자가 되어 자신들을 구했다는 사실은 꿈에도 알지 못할 것이다. 외계 생명체 소동은 하나의 해프닝으로 역사에 기록될 뿐이겠지.

상관없다. 우리가 훨씬 더 넓은 곳에서 훨씬 더 오래도록 살 테니까.

무엇보다 우리가 전부 기억할 테니까.

* 소설에 나오는 '가마 특이점'이라는 개념은 노지리 호스케(野尻抱介)의 「소수가 부르는 소리(素数の呼び声)」(『SF 매거진 700〔국내편〕 창간 700호 기념 앤솔러지(SFマガジン700〔国内篇〕 創刊700号記念アンソロジー)』)를, '평행우주'와 관련한 내용은 아즈마 히로키의 『퀀텀 패밀리즈』를 참고했다. 그 밖에 한나 렌의 『매끄러운 세계와 그 적들』, 사무라 히로아키의 『파도여 들어다오』, 드라마 「퍼스트 러브 하츠코이」 역시 참고했다.

작가의 말

2020년 가을께 『부산 느와르 미스터리』를 완성한 이후 한동안 소설을 못 쓰다가, 2024년 오랜만에 완성한 소설이 『외계인이 인류를 멸망시킨대』입니다.

소설을 쓰는 동안 이런 메모들을 남겼습니다.

2024년 5월 16일. 이번 주엔 지금 쓰고 있는 장편소설의 후반부로 접어드는 부분이 잘 풀려서 기분이 좋은데 혼자 알코올 도수 9도짜리 500cc 캔 하이볼을 마시고 지난주에 마시다 남은 소주 반병까지 들어가니 알딸딸하게 더욱 기분이 좋네. 흑점 폭발시킨 태양에 감사해야지.

2024년 6월 3일. 지금 쓰고 있는 소설은 예상 밖으로 분량이 늘어날 것 같고, 그래서 7월에도 계속 쓰고 있을 것 같다. 며칠 전, 친구에게 요즘 쓰는 문장이 좀 재미없는 것 같다고 말하자 친구 왈, "그러면 좀 문제 있는 거 아니야?" 와, 과연 유명 문학상 수상 작가, 정곡을 찌르는군, 이라고 했는데 (놀리는 거였지만) 다시 생각해 보니 당시 내 마음 상태가 좀 안 좋아서 그랬던 것 같다. 지금은 괜찮아졌다. 멋진 결말을 찾아 헤매며 계속 써야지.

2024년 7월 1일. 작년 가을쯤에도 같은 생각을 했는데, 이제 내게 남아 있는 욕망이란 소설 잘 쓰는 것 말고는 딱히 없는 것 같다.

최지민이라는 인물이 조금 더 개성 있는 인물이 된 데에는 담당 편집자 정기현 씨의 적극적인 제안 덕이 큽니다. 깊은 감사의 마음을 전합니다. 더불어 소설에 대해 여러 의견을 제시해 준 민음사 국내 팀 편집자들께도 감사의 말을 남깁니다. 바쁜 일정 속에도 기꺼이 추천의 글을 써 주신 소설가 김희선 씨와 문학평론가 최가은 씨께 감사의 인사를 드립니다. 책 작업에 힘써 주시고 책 판매에 힘써 주실 출판 관계자들께도 감사의 마음을 전합니다.

소설 말미에 주석으로 남겨 뒀듯 이번 소설에서도 여러 창작자의 작품을 곳곳에 조금씩 참고하며 썼습니다. 감사의 인사 올립니다. 딱히 참고했다고 보긴 어려워 따로 기입하진 않았는데, 이 소설은 사실 2017년 일본 판타지 노벨 대상 수상작 가키무라 마사히코(柿村将彦)의 『옆에서 저벅저벅(隣のずこずこ)』에서 영감을 받아 썼다고 할 수 있습니다. 전해질지는 모르겠으나 가키무라 마사히코 작가에게 감사의 말을 남깁니다.

마지막으로, 어쩌면 존재할지도 모를 평행 세계에서 이 소설을 편집했을지도 모를 소설가 김화진 씨에게 감사의 인사를 전합니다. 소설을 쓰는 동안 새로운 풍경을 볼 수 있게 해준 번역가 신동화 씨에게도 감사의 마음을 남깁니다.

추천의 글

김희선(소설가)

'내일 지구가 멸망한다고 해도 나는 오늘 한 그루 사과나무를 심겠다.'라는 말이 풍기는 비장미 뒤에는, '지구가 망하든 말든 그저 살던 대로 살 수밖에 없는 거 아닌가.'라는 체념이 숨어 있다.(고 나는 믿어 왔다.) 오래전부터 널리 알려진 이 사과나무 격언이, 사실은 외계인이 언젠가 지구를 침공하기 위해 미리 퍼뜨린 일종의 밈일지도 모른다고 의심한 적까지 있으니 말이다. 박대겸 소설가의 『외계인이 인류를 멸망시킨대』를 읽으며 빙긋이 미소 지은 건 그런 이유에서였다. 아, 이 소설가는, 혹은 소설 속 주인공인 최지민은, 나와 생각이 비슷하구나. 아니, 나와는 비교할 수 없을 정도로 훨씬 멋지고 용기 있구나! 종말을 상상할 때마다 그저 땅속 벙커라든가 비상식량 같은 것만 궁리하던 나와 달리, 지민은 자기 자신을 넘어 인류 전체를 구하기 위한 긴 여정에 망설임 없이 오른다. (왜 '긴 여정'인지는, 소설의 마지막에 가서야 알 수 있다. 그리고 나는 지민과 다른 모든 이들의 그 기나긴 여정에 진심으로 응원과 박수를 보낸다.)

어느 날 갑자기 지구인 모두의 휴대폰에 외계인이 보낸 메시지가 도착한다. 놀라운 것은, 일주일 뒤 99.9999퍼센트의 인간이 소멸될 거라는 외계인의 경고에도 인류가 아무런 대책 없이 일상을 반복한다는 사실이다. 지민 역시 처음에는 그들과 별반 다르지 않았다. 아르바이트하던 식당에서 다른 직원들이 불안해할 때 이렇게 말했을 정도니 말이다. "외계인은 외계인이고 우리는 얼른 저녁 영업 준비를 해야 하지 않을까요?" 하긴, 외계인이 보낸 메시지의 진위 여부를 묻는 질문에 경찰마저도 "저희가 할 수 있는 일이란, 그리고 해야 할 일이란, 접수된 사건을 하나하나 해결하는 것뿐이죠."라고 대답하는 마당에, 어쩌면 지민이 할 수 있는 일은 정말 아무것도 없는 듯 보이기도 한다.

하지만 영웅은 작은 것들 속에 숨어 있다고 했던가. 어쩌면 지젝의 말처럼, 다가오는 종말 앞에 선 지민이 평범한 삶을 통해서는 결코 알지 못했을 뭔가를 찾아냈다고 하는 게 어울릴지도 모른다. 여러 계기를 겪은 끝에 마침내 "난 지구가 멸망하기 직전까지, 지구가 멸망하지 않을 수 있는 방법이 있는지 찾아볼 거야."라고 선언하기에 이르니 말이다.

지민 일행은 가방에 중고폰을 가득 넣어 짊어지고 홋카이도의 높은 봉우리를 향해 떠난다. 뭐라도 해 보겠다는 심정으로, "어떤 일이든 직접 해 봐야 알 수 있어. (……) 그냥 무작정 하는 거야."라고 되뇌며. 과연 그들은 어떻게 될까? 인류를 외계인으로부터 구할 수 있을까? 종말로 치닫는 지구와 인류의 절멸이라는 상황 속에서도 시종일관 묘하게 유쾌한 이 흥미진진한 이야기를 읽다 보니, 어느새 창밖은 어두워졌고 소설은 마지막 페이지에 달해 있었다. 다시 말해서, 시간 가는 줄 모르고 읽어 버렸다는 뜻이다.

그리고 책을 덮은 한참 뒤까지도 가시지 않은 이상한 여운. (이 '여운'에 대해 정말 많이 얘기하고 싶지만, 스포일러가 될 테니 침묵할 수밖에 없다.)

그래서 하는 말인데, 『외계인이 인류를 멸망시킨대』는 그냥 단순한 SF 종말 서사가 아니다. 이 책은 우리에게 질문을 던진다. 그것도 아주 중요한 질문을. 인간 존재의 의미, 의지와 운명의 관계, 과학과 상상력 사이의 가느다란 선 같은, 너무나 깊어서 생각할수록 더 먼 경계로 우리를 이끌어 가는, 그런 철학적 질문들 말이다.

끝으로 덧붙이자면, 앞으로 외계인이 쳐들어올 것에 대비

하여 뭔가 미리 준비를 해 두고 싶은 사람에게 이 책을 권한
다. 외계인 따위 절대 올 리 없다고 믿는 대다수의 사람들에
게도 당연히 이 책을 권한다. 왜냐하면 문제는 사과나무가 아
니니까. 중요한 건 여러 대의 중고폰과 발상의 전환, 상상력,
인간과 인간 사이의 관계, 무엇보다도, 뭐라도 해 보겠다는 굳
은 결심이니까.

추천의 글

최가은(문학평론가)

내가 딛고 선 현실이 유일한 현실일 필요는 없다. 망상에 가까운 이 생각이 하나의 진실된 세계로 펼쳐질 수 있다면, 그것은 "과학적 가설"과 "소설적 상상력"이 함께 공유하는 가능성일 것이다. 하지만 박대겸은 언제나, 마치 소설만이 도달할 수 있는 그 너머가 존재하는 것처럼 군다. 평행 우주로의 무한한 초월과 상승의 운동에 동행하면서도, 그의 소설은 끝내 저항하듯 우리를 현실로 내려앉히기 때문이다. '이상한 나라'의 상상력으로 점철된 그의 소설이 잊지 않는 것은 여기 이 낙하하는 내 몸의 무게, 물과 뼈, 피와 살, 웃음과 눈물이다. 책을 덮은 우리는 이전과는 달라진 묵직한 두 발로 여기 이 유한한 세계를 다시 걷는다. 내가 알던 유일하고 초라한,

잔혹하게 일그러진 이 세계를 다시, 또다시, 그리고 또다시 걷기. 소설이 지치지 않고 우리에게 건네주는 가장 아름답고, 동시에 가장 슬픈 선물.

『외계인이 인류를 멸망시킨대』는 외계의 적에 맞서 시한부 지구를 지켜낸 파동-입자들의 이야기이다. 소설의 결말은 무모하게 '인류'의 승리를 점치며 왜소할 대로 왜소해진 우리의 희망을 되살리고 있는 걸까? 아마도 박대겸은 제 결말의 의미가 무엇이건 상관없다고 말할 것이다. 몇몇 독자들에게는 뒤돌아 속삭이듯 덧붙일지도 모른다. 의미 따윈 아무것도 아닌 편이 더 낫다고. 도서관, 라멘집, 탁구 대회, 봉안당과 삿포로를 거친 7일 간의 소동이 원하든 원치 않든 당신이 알고 있던 세계를 이미 바꾸어 놓았을 테니까.

오늘의
젊은 작가
48

외계인이
인류를
멸망시킨대

박대겸 장편소설

1판 1쇄 찍음 2025년 4월 25일
1판 1쇄 펴냄 2025년 5월 9일

지은이   박대겸
발행인   박근섭·박상준
펴낸곳   (주)민음사

출판등록   1966. 5. 19. 제16-490호
주소   서울시 강남구 도산대로1길 62(신사동)
          강남출판문화센터 5층(06027)
대표전화   02-515-2000 | 팩시밀리   02-515-2007
홈페이지   www.minumsa.com

ⓒ 박대겸, 2025. Printed in Seoul, Korea

ISBN   978-89-374-7395-1 (04810)
ISBN   978-89-374-7300-5 (세트)

* 잘못 만들어진 책은 구입처에서 교환해 드립니다.
* KOMCA 승인필(59쪽).